2000년의 3일

2000년의 3일

발행일	2024년 5월 31일

지은이	박정만		
펴낸이	손형국		
펴낸곳	(주)북랩		
편집인	선일영	편집	김은수, 배진용, 김현아, 김부경, 김다빈
디자인	이현수, 김민하, 김영주, 안유경, 최성경	제작	박기성, 구성우, 이창영, 배상진
마케팅	김회란, 박진관		
출판등록	2004. 12. 1(제2012-000051호)		
주소	서울특별시 금천구 가산디지털 1로 168, 우림라이온스밸리 B동 B113~115호, C동 B101호		
홈페이지	www.book.co.kr		
전화번호	(02)2026-5777	팩스	(02)2026-5747

ISBN	979-11-7224-134-6 03810 (종이책)	979-11-7224-135-3 05810 (전자책)

(주)북랩 성공출판의 파트너

북랩 홈페이지와 패밀리 사이트에서 다양한 출판 솔루션을 만나 보세요!

홈페이지 book.co.kr • **블로그** blog.naver.com/essaybook • **출판문의** book@book.co.kr

---

작가 연락처 문의 ▸ ask.book.co.kr

작가 연락처는 개인정보이므로 북랩에서 알려드릴 수 없습니다.

박정만 시집

2000년의
3일

📚 북랩

3일

그리움이 그리움을
만나면 무슨 말부터 할까요
해가 저문다고
내일 해를 반길까요
모든 것을 거부한다고
당신도 거부할까요
잘 가라는 손짓이
왜 안녕이 될까요

사랑을 만들었다고
마음대로 지울 수 있을까요
그녀가 떠났다고
나도 떠날까요
나는 그대론데
그녀의 자장가는 머리를 떠돌까요
인생이 숨바꼭질이라면
어째서 술래가 날까요

날마다 사는 난
어떻게 날마다 죽을까요
끝이 없는데

2000년의 3일

시작이 올까요
겨울을 넘겼는데
서막은 겨울을 예정할까요
옛것에 새로움이 덮이면
설움도 추억이 될까요

가신 님이 운다고
다시 올까요
봄비가 내린다고
엉켜 붙은 찬서리를 풀 수 있을까요
비틀린 마음이
그녀가 오면 곧게 설까요
나에게 꿈이 있다면
어떤 꿈일까요

저 하늘은
나와 그녀를 같이 담을 수 있을까요
쫑알거리는 작은 새는
내년에도 칭얼댈까요
작년에 핀 꽃잎과 올해에 필 꽃잎과의
거리는 단지 계절의 그것뿐일까요

하루를 갖고 하루를 갖고
3일이 되면 삶이 나그넨 줄 알까요

목차

2부

3부

1부

하루

삶이 굶주리면
인생이 가 버릴까요
이슬이 맺혀 물이 되는
마음은 어디로 흐를까요
저물어 가는 추억은
한 장의 사진으로 만족될까요
바람에 흩어지는 사랑을 밟으면
철없는 이별이 웃어 줄까요

산을 넘고 있는 태양의 정면으로
맞으면 어떤 생각이 떠오를까요
빛이 날리어 굽이굽이 흐르는
시냇물을 감싸면 따뜻함이 묻힐까요
노을이 져 붉게 물든 슬픔을
누가 있어 걷어 줄까요
누적된 낙엽 위로 그리움이 쌓이면
잊혀진 하얀 첫눈이 나부낄까요

춤추는 파도에 몸을 실은 그대 없는
고깃배는 어느 곳으로 떠돌까요

2000년의 3일

저 도랑에 놓인 돌담 중에
그대의 돌담은 어느 것일까요
눈물을 흘리고 또 흘리면
그대를 향한 아픔이 씻기울까요

지금 내리는 겨울비는
무슨 색일까요
더위를 삼켜 버린 추위는
그대의 그 열정을 알까요
주름이 패이고 눈알이 아롱지면
그 사람도 흐릿해질까요
하늘과 구름이 맞닿으면
잃어버린 계절을 찾을 수 있을까요

어제가 녹아 오늘이 된다면
오늘이 녹아 내일이 될까요
어릴 적 첫사랑과 이어진 사랑 중에
어떤 것이 아름다울까요
허공에 공허가 내리면
잡을 수 없는 옛사람이 돌아올까요
하루가 운다면
하루가 다시 길어질까요

이틀

잿빛 하늘에 틈이 생기면
그 사이로 새는 햇빛은 누구의 자화상일까요
겨울바람이 불어 님이 갔다면
봄바람이 불면 님이 올까요
지금의 슬픔이 아름답다면
과거의 슬픔도 아름다울까요
저 산 넘어 우는 작은 새는
저 하늘을 벗 삼는 나그네가 될까요

기나긴 여정이 첫사랑을 묻는다면
한 사람의 영혼을 놓을 수 있을까요
모닥불에 눈이 내리면
그리움이 한 겹씩 쌓일까요
인생이 계곡의 가파른 물줄기를 따른다면
지금 서 있는 곳은 어딜까요
오늘 보고픈 사람이 있다면
내일이면 볼 수 있을까요

겨울비가 지난 아픔을 씻긴다면
지금 흐르는 눈물은 어떤 까닭일까요

물결 따라 출렁대는 아침노을은
하얀 소망만 품고 떠오를까요
님이 떨구고 간 작은 잎새는
지난밤 폭풍우를 어떻게 맞았을까요
외딴섬을 가로지르는 철새는
그림같이 파고드는 이 외로움을 알까요

말이 없이 침묵을 지킨다고
떠나간 님도 말이 없을까요
거친 숨결을 달래던 그 손은
안녕하며 돌아선 바로 그 손일까요
피아노의 피아노가 울린다면
가 버린 님의 노래는 누구를 위한 것일까요
앙상한 가지 위로 쌓이는 님의 무게는
달이 지고 해가 뜨면 가벼워질 수 있을까요

강산이 적막하다고
여기도 저곳도 적막할까요
사랑이라는 미명 아래
아픔 아닌 아픔을 안긴 건 아닐까요
눈을 감고 가만히 손을 내밀면
왜 서러움이 느껴질까요
하루가 가고 이틀이 되면
사랑도 이별도 다시 시작될까요

낯선 겨울

사람도 버리고 이별도 버린
겨울이 왔습니다
비는 눈이 되고 눈은 비가 되어
여린 마음을 씻기고, 또 씻깁니다
방황의 끝은 어딘지 흩트려져 있던
설렘의 끈을 이제야 놓습니다
기다림은 길지만
짧기도 합니다

밤사이 고인 눈물이
동틀 무렵 풀잎 끝자락의 이슬이 됩니다
이전에는 느껴 보지 못했던
아련함이 몸서리쳐서 다가옵니다
외로움은 외로움을 낳고
이 외로움이 세월의 문을 엽니다
잠든 당신을 깨운 것은
바로 당신이었음을 지금에야 압니다

물레방아에 잊음이 한 방울씩 떨어지면
그 짓눌린 무거움에 물레방아가 돕니다

한 올 한 올 곱게 엮은 추억들은
아무도 올 수 없는 빈틈에서 재가 됩니다
꿈이 많았던 소년은 어른이 되어서도
그 주위를 서성대며 다시금 꿈길을 거닙니다
앙상한 나뭇가지와 초가집과 우물 옆의 두레박이
언 가슴을 조금은 열어 줍니다

하얀 초원에는 땅속에 숨은
새싹이 다음을 예약합니다
준비된 거짓에 아픔을 알았지만
진실은 그 자체로 진실입니다
온몸이 느끼는 이 차가움은
바람이 되어 바람으로 날아옵니다
바다에 돛단배가 있고 겨울에는 철새가 오듯
당신은 웃음도 안겼고 슬픔도 안겼습니다

인생이 한 장이라면
그 한 장이 넘어갑니다
세상의 나그네가
낯선 겨울의 나그네가 됩니다
당신의 자리는 잠깐인데
이미 벌써가 되었습니다
봄은 오고 여름도 오고 가을이 오고
겨울이 와도 또 다른 낯선 누군가를 찾을 것입니다

천년

기대했던 첫사랑이 무너지면
님의 냄새는 나무에서 피어나는 안개가 될까요
주는 사랑보다
받는 사랑이 어째서 더 아름다울까요
나비는 작은 슬픔을 뚫고
저 하늘 끝까지 날아갈 수 있을까요
봄은 왔는데
왜 색동옷의 님은 춤을 추지 않을까요

한잔이 가슴 위로 쌓이는 짐을 가볍게 한다면
두 잔은 지금의 눈물을 씻겨 줄까요
비가 오는데 겨울 먼저 봄 먼저
애매한 계절은 어느 것을 선택할까요
설익은 벚꽃 위 하얗게 물들이면
뉘가 있어 그 하얀 눈을 지울까요
인생의 시작도 인생의 끝도
바라고 바랐던 그것이었을까요

눈을 감으나 눈을 뜨나 선명한 님이
세월의 늪에서는 가라앉을까요

2000년의 3일

아리랑 고개를 넘어서면
저기 보이는 저 집에 한 사람이 있을까요
강물이 흘러 바다에 이르면
삶이 갓 핀 꽃마을처럼 탐스러울까요
비바람에 묶어진 나룻배를
인내하며 기다리는 사람은 누굴까요

나를 누고 간 님은
어떻게 살고 있을까요
내가 사랑하는 방법에
무슨 잘못이 있었을까요
눈을 맞고 빗물을 적셔도
그리운 건 그리운 것 아닐까요
집착을 찾을수록
새로운 집착에 얽혀 드는 건 어찌 된 연유일까요

먹구름은
과거일까요 미래일까요
날개가 있다면 어디부터 날아갈까요
서쪽에서 해가 뜬다면
다시 님을 가질 수 있을까요
천년을 산다면 하루를 잊을 수 있을까요

나는 아름답습니다

수없이 말없이
그쳐 간 사연이 있습니다
바람 곁에 세월은
그 폭을 짐작하지 못합니다
지금에야 인생의 첫 줄을
적어야 함이 새로워집니다
작은 인생에
큰 인생이 보입니다

행복도 잠깐이지만
영원한 행복도 있습니다
사랑도 잠깐이지만
영원한 사람도 있습니다
꿈도 잠깐이지만
그 승화에 영원함이 있습니다

맑은 영혼은
나를 벗깁니다
수줍은 미소는
밝은 미소가 됩니다

살아왔던 세상은
살아갈 의미를 가르칩니다
맞잡은 두 손에서
꼭 다문 입술을 엽니다

멀어진 찰나는
더 멀어져 갑니다
하늘로
백지를 부칩니다
하늘에서
백지가 왔습니다
백지에서 나를 찾습니다

짧은 이별의 손짓에
긴 만남이 손을 흔듭니다
모든 것이 끝이다 여겼을 때
하나의 시작이 그 여명을 밝힙니다
석양에 지는 소망이 아니라
해가 솟을 때의 소망입니다
삶의 한자리에서
기도하는 나는 아름답습니다

진달래꽃

하얀 겨울의 후광을 입은 봄은
나의 겨울도 안고 보란 듯이 올까요
하늘의 높고 푸르러만 가는데
채우지 못한 빈자리를 왜 비워 둘까요
누구나 겪는 아픔이 누구에게는 슬픔이 되고
누구에게는 눈물이 될까요
포기하면 될 것을
더욱 잡고자 했을까요

그대는 누구고
나는 누구일까요
그대는 어디로 갈 것이며
나는 어디로 갈까요
그 물음에 답을 하면
그 의문이 없어질까요
추억이 분다면
멀어진 마음도 따라서 불까요

아침 해가 저녁 해일까요
저녁을 어지럽힌 구름은

아침에 맞은 비가 될까요
들녘에 작은 씨를 뿌리면
유혹의 풍랑을 접고 곱게 필까요
별이 지는 밤이 오면
어느 것을 가져야 할까요

어떠한 삶이 진실인지
아무도 나에게 알려 주지 않을까요
거친 인생을 달래면
내가 바라던 것이 될까요
세상의 승리가
내면의 승리가 될까요
누구나 다 과거가 있다고
누구나 다 미래가 있을까요

한 치 앞을 바라보며
두 치 앞도 바라볼 수 있을까요
세상이 변하고 나도 변하고
그대도 변하면 무엇이 달라질까요
진달래꽃에 세월을 심는다면
더 붉은 아름다움이 나를 맞이할까요
기대했던 날들이 기대하는 날 속으로
들어가면 나는 덩실댈까요

마지막 오늘

잘못된 만남인지도
잘된 만남인지도 몰랐습니다
갖고도 싶었고
버리고도 싶었습니다
바람이 지고
또 집니다
이제는 세월 안에서
눈을 감습니다

너가 왔고
너가 갔습니다
슬픔이 왔고
슬픔이 갔습니다
눈물이 왔고
눈물이 갔습니다
꿈이 왔고
꿈이 갔습니다

조각된 마음을 잃어야 할 것을
주섬 모읍니다

2000년의 3일

있어야 할 것을 잃어야 할 것을 찾습니다
첫 만남이 첫 사람이 됩니다
이별은 만남보다
앞섭니다

아름다움이
피었습니다
징금다리 행복이 있습니다
누군가의 거짓도
파묻혔습니다
그저, 그저
좋았습니다

비는 온몸에
수북이 쌓입니다
작은 진심은
숨어 있습니다
지금도 아픔을 녹여 내지
못합니다
마지막 오늘이
내일로 갑니다

낮해가 웁니다

세월은 나를 잡고
숨바꼭질을 합니다
나는 술래가 되어
그 순간을 향합니다
혼자서 나 혼자서
너를 찾습니다
멀리 있는 너는
나로 멎게 합니다

너를 지우기엔
너무도 틈새의 세월이었습니다
짧고 긴 삶은
너가 남겨 준 그것에 말문이 막힙니다
하늘도 구름도 바람도
맺히지 않습니다
눈물 한 방울로는 약간
부족합니다

지나친 과거가
나를 기다립니다

26   2000년의 3일

내일로 가는 너는
어제로 가는 내가 됩니다
바람이 너였고
또한 나였습니다
잊은 게 있다면
너는 내가 아니었습니다
말 없는 이별이
가까이 왔어도 나는 몰랐습니다
왜 나였냐고
묻고 묻습니다
세상이 나를 선택한
이유를 나는 모릅니다
철부지 아이는
어른 넘겨서도 아이가 됩니다

현실이 되기에는 먼 추억은
미래로 새겨집니다
느껴지지 못할
정도였습니다
가볍다는 느낌은
중압감을 남깁니다
저기서 낮해가 웁니다

나는 그대를 고정합니다

아직도 간 세월을
이어 줄 사람을 찾습니다
가을인데도
눈물이 업니다
낡은 그리움을
못 덜었습니다
내가 내되어
낙엽을 내립니다

기다림은
기다림을 쌓습니다
눈이 먼 계절은
제자리를 맴돕니다
내가 보내었습니다
잘 갔는지 모릅니다
누가 부르는 것
같습니다

앞이
보이지 않습니다

2000년의 3일

뒤를 보면
울 것 같습니다
나를 묶은
그리움이 있습니다
끝까지 놓지 못하는
물음이 있습니다
이별은
꿈이었습니다
가 버렸던 마음이
찾아왔습니다
모두가 그대롭니다
이제는 인생을
듣기도 합니다

조급했던 그대는
하나의 삶이 됩니다
그대는 나를 갖고
가지 못했습니다
버려진 나는
그대를 줍습니다
나는 그대를
고정합니다

천상재회(天上再会)

내 날개가 꺾였다고
님의 날개도 꺾일까요
나를 안고 간 님은
나를 넘어갈까요
단아한 봄비는
잔혹한 계절에 내릴까요
소리 없는 소문은
나에게 들리지 않을까요

후회 없는 삶은
현실이지 않을까요
오늘도 벅찬데
내일은 어떨까요
떠나 보냈는데
왜 기다릴까요
조각난 인생을
어디서 맞출까요

내가 늙는다고
님도 늙을까요

2000년의 3일

세월은 눈물을 먹었는데
어떤 반응이 없을까요
작은 빗방울도
인생을 저울질할까요
당신에게 미래가 있다고
나에게도 미래가 있을까요

나만 진실을
거부한 게 아닐까요
다음을 어떻게
준비해야 될까요
기쁨이 슬픔보다
클까요
이루어지는 이별이 있다면
나는 안 될까요

더워야만
여름일까요
나는 그대에게
무엇이었을까요
나만이 작은 들썩임을
감쌀 수 있는 건 아닐까요
하늘에서 다시 만나면
그대의 눈물이 될까요

단 하루

나는 미련을 심었는데
그녀는 무엇을 심었을까요
바람에 묻힌 청춘은
바람에 불려 올까요
인연은 다시
올 수 있을까요
이제는 나도 보고
그대도 볼 수 있을까요

푸른 하늘은 왜
비를 뿌리지 못할까요
그대가 온다면
선물을 준비할까요
살아간다는 건
어떤 의미일까요
나는 나를
거부할 수 있을까요

그대의 삶을 조금만
엿볼 순 없을까요

우리에 갇힌 그대는
내가 아닐까요
얼룩진 그 힘 앞에
눈물짓는 이는 누굴까요
님은 나를
반길까요

누가 나의
노래를 부를까요
포기는 또 다른
포기를 재촉할까요
만남과 헤어짐은
같을까요
나만
떠돌까요

숨겨진 이름이
실종된 건 아닐까요
굵은 빗방울에 가슴이
시리면 그대의 아픔을 실을까요
아이는 언제쯤
흔들리지 않을까요
단 하루만 그대가
내가 되면 안 될까요

백 년

그대가 먹구름이면
비가 올까요
나를 버린 가을은
나를 줍지 않을까요
추억의 끈은
풀리지 않을까요
다음을 훔쳤는데
후회할까요

바람이 바람이면
사랑이 사랑 될까요
짧음의 기쁨은
끝이 없는 한 방울의 슬픔일까요
안타까움도 갔는데
무엇을 기다릴까요

나만 주면
그대는 모든 것을 가질 수 있을까요
사랑한다 했는데
왜 그랬을까요

2000년의 3일

돌아올 수 없는 강은
끊임없이 흐를까요
내가 울면
그대로 울까요

한 줌의 님을
그냥 보내면 어찌할까요
어떻게 하여야 어떻게 삶다 울까요
결국,
결국은 나였을까요
세월은 놓고 낮음이 없이
한쪽으로만 흐를까요

그대만 남고
다 떠날까요
다 떠나고
그대만 남을까요
다시 하면
기회가 올까요
그대가 있다면
백 년만 살까요

기도합니다

작은 그녀는
새가 됩니다
그냥
비상하려고 합니다
슬픕니다

좋아함도
사랑함도
잡으려 함도
허우적거리는 아주
작은 나를 봅니다

시기함도
미워함도
놓으려 함도
끝내 잡으려는
안타까움이 있습니다

나를 가지려는
나를 놓칩니다

2000년의 3일

자신이 없습니다
왜냐고
왜냐고

한 방울의
의미를 몰랐습니다
포기하면 안 될까요
그 뒤에 미련이
둥지를 품었습니다

과거와 오늘을
풀어 주고 미래를
읽게 기도합니다
그녀를 심은 깊은
영혼이 되게 하소서

일 년

너가 멈추었다고
나도 정지될까요 멈추어질까요
그리움은
다 자랐을까요
다 가져갔는데
인생은 꼬여만 갈까요
그때가 미웠다고
지금도 그럴까요

나만이 나의
슬픔을 알까요
봄마다
추울까요
속박됨이
해방보다 좋을까요
내일은 한 방울의
의미를 담을 수 있을까요

아… 저기 산은
산을 못 넘을까요

2000년의 3일

버림받는 것이 좋다는데
왜 버렸을까요
꿈 많은 바보가
나는 좋을까요
사람도 넘었는데
눈물은 못 넘을까요

나는 나를
믿을 수 있을까요
내가
못 미더웠을까요
잡았다 놓으면
온통 미련뿐일까요
일 년만 일 년만
더 기다릴까요

정처

긴 여정에 짧았던
인생이 조그맣습니다
배운 적이 없던 사랑은
하얀 소리입니다
울음 없이
새가 납니다
천년의 억장에
한 장을 더합니다

그 누구에게도
주지 않을 것입니다
나 다음에 무엇인지
나도 모릅니다
그저 그렇게 삶은 흐르고
그저 그렇게 삶은 비웁니다

살짝이 세상은
흘러내리는 구름입니다
당신이 바람이면
나도 바람입니다

2000년의 3일

당신이 정처이면
나도 정처입니다

환한 비밀이
숨겨 놓은 진심입니다
오도 가도 못하는 서글픔이
진실에 아롱집니다
버려짐이 잠시일 줄 알았는데
또 버려집니다

불꽃이
끊임없습니다
곱게 서리가
번집니다
내가 담은 작은 이슬은
인생의 빗물입니다

아리랑 고개

님이 넘을 고개는
작은 터가 될까요
의미 없는 인생을 살았는데
의미 있게 다가오는 이 허물함을 어떻게 할까요
무궁화꽃이 피었습니다
눈을 꼭 감으면 될까요
인생의 나그네가
저 고개의 나그네가 될까요

큰 그리움을 잡으면
작은 그리움은 그냥 털어질까요
펼쳐질 세월도 그전이면
삶을 어디부터 매만질까요
강을 걸어서 다 건너면
작은 그녀를 만날 수 있을까요
빈 눈에
안타까움만 두 장일까요

돛단배에 인생을 실으면
어떻게 추억이 쌓일까요

갈매기 떼 사연이 냇물처럼 갈라치면
나의 사연도 따를까요

만남도 운명이고 헤어짐도 운명이라면
진실한 운명은 무엇일까요
백 년의 이끼가
어떻게 다음을 예고할까요

혹시 그대가 참이고
내가 거짓일까요
내가
어디가 싫었을까요
그리움의 언덕을 넘었는데
엄습하는 이 작은 언덕은 무엇일까요
너를 버리면
나는 잃을까요 얻을까요

스스로 가둬 놓고
왜 싫어할까요
내가 먼저 웃을까요
아니면 그대가 먼저 웃을까요
지금도 거기에
작은 옹달샘이 있을까요
천년의 미소는 언제쯤
아리랑 고개를 넘어갈까요

천년 냇가

물처럼 흘러도
내가 당신 곁에 물처럼 있습니다
작은 속삭임도
그대는 하늘입니다
바람처럼 스쳐도
그대를 온전히 가둡니다
믿습니까
물음이 물음이 됩니다

작은 미소는
나를 백일 년을 덮습니다
운명은
기다림을 쫓습니다
설렘은
아픔입니다
작은 손을
안개처럼 고정됩니다

누군가를 찾는 내가
그 누군가가 찾는 내가 됩니다
너가 낳은 안타까움은
이슬로 떨어집니다
슬픔을 이겨 내는
작은 슬픔이 됩니다
그때 좋아함이
지금 좋아함입니다

순서 4

버려짐도
고귀함입니다
작은 어렴풋이가
천하의 어렴풋이가 됩니다
바로잡힌 세상을
바로잡습니다
지켜질 바구니는
반드시 지켜진 바구니입니다

순서 5

허공 속에 갇힌
조그만 잡초가 자리를 찾습니다
백일 년이 지나도
변하지 않는 그대는 거름입니다
나를 반길 이는
오직 어루만짐입니다
도도하게 거스르는
천 년 냇가는 누이의 눈물입니다

물음

목마른 대지 위에 고개 숙인
처절한 아름다움을 내포하고 있는 나무 한 그루
모진 세파 속에서도 찌들리거나 노여움은 품지 않고
도도히 흐르는 세월을 다정하게 감싸는
너는 누구냐

오래 긴 밤을 홀로 지새우며
너는 무엇을 생각하며 누구를 그리워하느냐

왜
휘어지면서도 꺾일 듯 꺾이지 않는 너는 누구냐

마지막 그리움

소리 없는 울음이
소리 있는 까닭입니다
허무함을 아는 순간
또 다른 허무함을 찾습니다
큰 인생이 길을 잃어도
작은 인생이 길을 안내합니다
가는 것도 오는 것도
가진 님의 의미합니다

나는 모르는데
님은 오직 압니다
초월은 미숙을
넘지 못합니다
가던 날이
다시 옵니다
나는 그렇게 못했는데
님은 그렇게 했습니다
안 아픈데
하얗게 울음 집니다
다 이룩한 꿈을

2000년의 3일

깨트립니다
나를 막는 이는
바로 나입니다
좋아해도
죽도록 말을 못 합니다

순간이
나를 맞춥니다
그대는 잊겠지만
나는 새로이 고뇌합니다
이겨 낸 나는
다시 집니다
버리고 줍고
버리고 줍습니다

작은 믿음이 큰 믿음을
이기는 소소한 일상입니다
하늘을 가리는
한 방울 눈물이 있습니다
방랑한 누군가가
자기 자리를 만듭니다
마지막 그리움이
거기로 갑니다

바람

내가 작은 인연입니다
슬픔이 다소곳합니다
무작정 다가서는 아픔입니다
꼭 버려야 할 필연입니다
소복이 쌓이는 빗물은 두 겹입니다
다른 허공을 가집니다
한참 흘러가는 추억이 길을 텁니다
바람이 저 구름을 훔칩니다

누군가가 작게 있습니다
소리 없는 기쁨이 저기 있습니다
손마디가 그대를 새깁니다
비틀어진 마음을 비틀어진 옹기에 담습니다
꽃이 피면 그대고 꽃이 지면 그댑니다
울음이 웃음이 되고 웃음이 또 하나의 웃음이 됩니다
옹달샘에 빠져 그대를 작게 그립니다
그대를 실은 바람이 내게서 품습니다

나는 작은 다립니다
다리에서 너를 희망에 넣습니다

2000년의 3일

백 년 바위는 다가서는 하루를 사뿐히 잡습니다
작은 터를 손 위에 올립니다
그 터를 바람이 가둡니다
저기 하늘이 하얀 구름이 되라 합니다
하늘은 안은 구름은 조금씩 펄럭입니다
나만이 저 하늘에 동질의 바람을 채웁니다
누군가가 작게 소리칩니다
소망을 비는 작은 강이 됩니다
한 방울의 눈물은 그대입니다
두 방울의 눈물은 나입니다
소리가 물방울을 터트립니다
나는 그대를 세상으로 내몰 것입니다
괴로움이 인내로 나로 너로 흩어집니다
바람이 춘풍을 타고 그대를 작게 맞춥니다

내가 작은 입술에 앳된 미련을 올립니다
상큼하게 사랑이 왔습니다
애달아 하면 하얀 안개가 얘기할까요
갖고자 또 갖고자 하지 않습니다
그대는 항상 그대로입니다
나는 움직이는 그대로입니다
익은 미련은 저쪽에 있습니다
바람만이 나와 너를 작게 가둘 것입니다

언젠가는

없는 너는
곧 사라집니다
여기는
지는 꽃도 피는 꽃도 없습니다
그물망엔
영원히 근거가 없습니다
허공에 내가 곳곳에 있습니다

영혼은
영혼을 잊지 않습니다
그리움은
그리움을 잃지 않습니다
버리지 않았고
버림받지 않았습니다
기다림은
질깁니다

그 순간은 예쁨은
여전히 예쁨입니다
초조함은

초조함을 소멸시킵니다
미안함은
미안함을 애련하게 합니다
파수꾼은
지금도 파수꾼입니다

용서함은
용서함을 탓하지 않습니다
한 방울은
반 방울일 뿐입니다
아픔은
아픔이 아닙니다
미움은
한 번뿐입니다

하루를
꿰뚫습니다
당신은
사고의 원천입니다
지킴은
운명입니다
언젠가는
과거도 일굼입니다

시간

당신은
햇빛 속에 그늘입니다
만짐에
대가가 없습니다
너의 그림자는
이미 나의 그림자입니다
물음은
과거입니다

당신은
세상 속에 세상입니다
문득 생각나는
허울의 소멸입니다
사랑은
증오도 십습니다
그냥 가진 것을
내려놓고 맞이합니다

당신은
거친 봄의 저편입니다

2000년의 3일

너는
깨어 있는 의미입니다
지금 캐고
캐고 또 캐입니다
느낌은 잠시도
내버려 두지 않습니다

당신은 여전히 두 방울입니다
정확도는 높았지만
빗나감의 농도는 컸습니다
흐트러짐은 나에게 곧음입니다
이유 없는 반응이 있습니다

당신은
내가 뿌린 흙입니다
그리움의 대상은
내가 아니고 나입니다
좁은 골목의
당신은 아쉬움입니다
시간은
영원히 당신의 몫입니다

며칠

웃고 있는 이가
울고 있는 나를 애달프다 합니다
갔던 님은
오고 있습니다
기쁘다 슬프다
슬프다 기쁘다 합니다
아리랑은
운명입니다

나에겐
오늘 밤이 전붑니다
지금은
꿈을 깰 때입니다
영원불멸은
추억의 이편입니다
나도 너도
추함이 없습니다

과거는
현실을 싫어합니다

　　　　　　　　　　　　　　2000년의 3일

단풍은
여전히 잡니다
그림 속의 그대는
지금도 그림 속의 그댑니다
나도 너도
버림받지 않았습니다

그때의 옆모습은
지금도 아름답습니다
그리움은
늘 깨어 있습니다
그때의
나는 왜 아니었나
소소한
빗물만이 나를 씻깁니다

그대는
나에겐 행운입니다
그대는
나에겐 무지갭니다
그대는
나에겐 눈물입니다
그대는
나에겐 며칠입니다

나그네

1.
님은 언제나
웃고 있습니다
나는 언제나
웃고 있는 바봅니다
작은 소리가
나에겐 안타까움입니다
하얀 눈이
싫습니다

2.
보고
싶었습니다
만나고
싶었습니다
지금은
인연의 끈을 끊습니다
나는
파도입니다

2000년의 3일

3.
그대와 난
역전되었습니다
삶은 무엇도
기약치 못했습니다
오늘이 전부였던
세월에 내일을 예약합니다
안개가
그리웠다고 얘길 합니다

나는 풍선을
터트리지 않았습니다
무지개엔
색깔이 없었습니다
구름다리엔
구름뿐입니다
대나무 틈새
작은 햇빛은 그리움입니다

금빛 노을에
금빛 들녘은 애달픈 들꽃입니다
항구에는
배가 없습니다
바닷가에
기찻길입니다
나그네는
영원한 아침이슬입니다

텅 빈 공간

아무것도 보이지 않는다
보이는 것은 텅 빈 공간
아무것도 만져지지 않는다
만져지는 것은 텅 빈 공간

저것은 하늘, 저것은 바다, 여기도 땅 그리고 이것은 흙…
여기에는 책상과 의자, 저기에는 아주 조그마하고 예쁜 꽃병,
저곳에는 아무 세련된 화장대…

그러나 텅 빈 공간

허무

1.

마냥 푸른 하늘을 바라보며 쓸쓸히 웃음 짓는 나를 보며

새롭게 인식되는 감정의 회색이 흩어져 버린 짙푸른 하늘로

떠올라가는 새로운 삶의 悲哀를 찾는다

공간이라는 이 작은 세계에서 신비한 세계를 인식할 수 있다는

막연한 느낌은 나를 부풀게 만들지만

사랑하고 미워하고 슬퍼하는 우리를 주변의 이야기는

항상 存在하고 있다는 느낌은 막연할까

나는 너에게 무슨 의미를 마치고 너는 나에게 어떤 의미를

던져다 주는 것일까

이런 작은 틀에서 벗어나지 못하고 주위만 돌고 도는 것인가

벗어나야 한다는 느낌과 안주하고 싶다는 감정의 뒤섞임 속에서

나는 무엇을 찾고 갈구하는 것인가

다만 存在한다는 그 자체만이 아름다운 것인가

2.

사랑의 탑이 무너져 버린 지금 난 무엇을 찾고 갈망하고
있는가
믿음이라는 굴레에서 벗어났고 사랑이라는 굴레에서도
벗어났다는 지금의 感情은 회색빛 노을에 불과한 것인가
왜 우리는 항상 주변의 환경을 지배받는 것인가
고뇌하고 미워하고 다시 사랑하는 이러한 삶의 미련이
되풀이되는 것인가
(人冊)이라는 그 자취에서
난 무엇을 찾으려고 지금 고뇌하는 것인가
다만 *存在*한다는 그 자체만이 아름다운 것인가

독백

바닷가에서 힘찬 목소리로 노래를 불렀어.

나는 노래를 아주 잘한다고 느꼈는데 다른 사람은 어디선가 풍겨오는

아주 고약한 목소리의 냄새를 맡았는지 모르지.

다른 사람은 내가 아니니까.

내가 왜 캄캄한 바닷가에서, 그것도 혼자서 노래를 불렀는지 모르지.

아무런 감정 없이 그냥 부르고 싶어서, 그래서 불렀지.

사랑하는 이도 없고 우정을 나눌 이도 없다는 생각에서,

아무런 생각 없이 그냥 마구잡이식으로 불렀어.

그리다가 지쳐서, 잠시 쉬며 하늘을 봤지, 참! 크다, 넓다, 그리고

까아맣다.

그리고 생각했지. 아주 단순하고도 멋이라고는 조금도 없는 그런 생각

말이야.

'내가 지금 할 수 있는 일은 과연 몇 가지나 될까.

아주 많을 거야. 왜냐구? 난 아주 멍청하니까.

그렇지만 난 한 가지만 해야 돼. 왜냐구? 내가 지금

할 수 있는 것은 한 가지뿐이니까.

바로 이런 생각을 했어.

지금의 我아

여기저기 헤매다가 문득 멈춰 선 곳이
바로 길이었다.
이 길을 따라가면 언젠가 나의 안식처가 있으리라는 생각에
자꾸 걸었다. 다리가 아파 온다. 쉬고 싶다.
그러나 마땅히 쉴 곳이 없었다. 나는 걸으면서 생각했다.
"그냥 계속 걸어서 나의 안식처에서 쉴까.
아니면 그냥 여기서 풀썩 주저앉아 다리의 피곤함을 풀까." 하고.
고개를 저었다. 왜냐하면
人生은 희로애락을 모두 감싸고 있기 때문에
나의 길을 가야지.

그리움

보고 싶고 또 만나 보고 싶다.
그러나 나에게는 아무도, 아무것도 만져지지 않은 그리움이
샤르르 저며 든다.

길을 걷다 문득, 더욱 작은 길을 만나면서
누군가가 길을 터는 이를 만나면 그냥 말없이 손을 잡아 주고 싶다.

그리웠노라고 말하는 이를 만나면
나 또한 그리웠노라고 다정하게 포옹해 주고 싶다.

보고 싶었노라고 말하는 이를 만나면
나 또한 보고 싶었노라고 어깨에 손을 놓아 그냥 그대로 마주 보고 싶다.

눈 속을 걸으며 그리움을 쪼개어 가질 수 있는 이를 만나면
나는 그리워서 그리웠다고

꽉 찬 머릿속에 끊임없는 그리움이 젖어
잔잔한 파도에 밀려 하얗게 부서지는 작은 물방울이고 싶다.

고요한 이 밤 그리움만 스며든다

詩

시간은 무엇인가
시의 존재 가치는 얼마나 될까
오늘 문득 펜을 들어 시의 무게를 달아 본다.
그동안
메말랐던 나의 마음 깊은 곳에서 울려 퍼졌던
노래는 시의 노래란 말인가
잊었던 나의 과거를 되찾았던 거 같다

이제는 내가 내인 것이다.
내가 내가 아니었던 과거는 詩의
노래에 파묻혀 아름다운 운율을 남기게 해다오.

아름다움을 알게 해다오
사랑을 알게 해다오
진실한 행복의 가치도 알게 해다오
이제는 꽃에 물을 줄 것이다. 이제는

기도

평발을 하고 기도한다
아무 거리낌 없이 기도하고 마냥 즐겁게 노래한다

무릎을 가지런히 모아 정성을 다해 기도한다
나에 대한 것, 부모 형제에 대한 것, 그리고
사랑에 대한 것에 노래한다

기도란 어떤 것인가
소망·행복·사랑을 심으러 삽을 들고
땅을 파 심고 다독거리며 하나님께 예수님의 성령을 주며
형상을 만나게 해 달라고
노래한다

이 세상이 아름다웠다고 하나님께 고하며
두 손 꼭 쥐고 예수님을 찬양하며
나의 죄 사하며 생명 주신 것, 믿음을 주신 것, 사랑 주신 것,
행복을 주신 것,
가치 있는 삶을 주신 것에 대하여 노래한다

그리고 기도한다

예수님 사랑합니다

저녁노을

저 먼 땅끝 저녁에도
노을이 지겠지
슬픈 사연을 띤

세상의 모든 사연을 담고 있는 듯
까만 노을은 불타올라
재촉한다 마지막을

삶아 죽일 듯 내리쬐던 태양도
저 먼 들판을 지나 끝도 없는 지평선 아래로 진다
태양이 노을로 이슬이 되어

짚풀에 둘러싸인 시골 조그마한 카페에서
나는 홀로 앉아 커피의 향기를 뿌린다
아름답게 물들인 저녁노을에

2000년의 3일

작은 얼굴

약간씩 안개가 생긴다
비좁은 틈 속에서 짙어지는
작은 얼굴

오늘은 물을 준다
퇴색된 여름 위로 가파르게 피어나는
한 송이 작은 장미꽃

몰아치는 거친 비바람에
깨진 유리잔

오늘은
그림을 그린다
작은 슬픔은

첫 느낌

많은 사람들 중에서
빨간 꽃잎을 두르고 있는
당신을 택한 난 바로 그 흔한
사랑의 바로 그 첫 느낌의
예고였습니다

잠깐 왔다가는 그런 사랑이
아니었다고 애써 외면하지만
지금의 나는 눈물이 그대의
하얀 꽃잎을 적십니다

항상 새로움은 뒷엣것을 멀리하고
화려함을 낳습니다
그러나 서서히 화려함은 물러서고
어느새 뒷엣것을 가까이합니다

난 당신을 보내지 않습니다
죽어도 보내기 싫습니다
그러나 맞잡은 손이 당신을 놓치려 하고

2000년의 3일

있습니다. 아무도 모르게
아무것이 없이 그저 가시렵니까
부디 안녕히 가십시오

인생

동이 터기 전에 어둑어둑한
새벽녘에 이슬이 맺힌 슬픈
장미를 바라보며 어디에서 와서
어디로 가는지 알지 못하는 인생사의
비애를 사랑함으로써 모든 것을
포용할 수 있을까
이슬의 끝자리에 방울이 맺혀 고개를 떨군다
가만히 슬픈 미소를 지어 본다
가장 좋아했던 것을 가장 미워했던 것들을
마음속에서 세어 본다
이제야 인생의 의미를 약간 맛을 본다
글쎄 이게 무슨 맛일까
눈앞에서 어른거리는 너를
잡으려면 조금씩 멀어지는 너를
안타까움에서 모든 것을 용서하는 나를
어루만진다 눈물이 볼을 타고 흐른다
너를 향한 하얀 그리움이 빼어
나오는 작은 오솔길을 오늘도 걷는다
인생이 흐른다

첫눈

짙은 새벽 채 어두움이 가시기 전
하늘에서 새하얀 첫눈이 내립니다
온통 하얀 빛으로 물들인 산과들이
세상의 찌들린 마음의 혼탁함을 씻기우는
정화수로서의 자신의 삶을 다하는 아름다운
모습을 나는 지켜봅니다
어느 누구나 다 자신의 삶이 주어져 있습니다
그러나 진솔한 삶으로 모두 다가 자신을
가꾸진 않습니다
첫눈처럼 하얀 맘으로 순백의 영혼을
채우는 향기가 있는 그런 삶을 살아야 합니다
어리석음은 탐욕을 낳고 탐욕은 자신의 몰락을
준비합니다. 알면서도 실현하지 못하는 안타까움이
나를 슬퍼지게 합니다
창을 열고 따뜻하게 손을 내미는 하얀 눈을 봅니다
인생을 인생답게 사람이 사람답게 살아야 함을
지금 이 순간 느낍니다
나는 지금 한 잔의 술로 인생의 쓴맛을 달랩니다
그러나 나는 다시 한번 일어나서 눈이 내리는 저 하얀
창공을 아주 멋있게 날아야겠습니다.
아! 첫눈이 소리 없이 나립니다

향기

빛을 맞은 빨간 장미와 하얀 장미가
나의 갈 길을 잡아챈다
그리움의 향기가 은은하게 풍겨 난다
흠뻑 취해 본다 그리고 눈을 감고
그리움이 주는 그 애달픈 마음에
담아 본다

작은 책상 위에
당신의 손때가 묻은
낙서장을 바라본다
한 장 두 장 추억의 낙서장을 넘겨보면서
짧았던 지난날이 아픔보다 사랑의 향기가
물씬 묻어난다

무엇으로 가는 세월을 잡을까
세상의 속박은 그리움을 넘어
자유를 향해 달려간다
모든 것이 풀린 듯한 느슨한 해방감을 맛본다
온몸을 감싸고 도는 약간씩 사랑을 잉태한
이름 모를 향기에 눈이 먼다

어디선가 전해 오는
만져 보고픈 진한 얘기의 향기가
나의 마음을 움직여 나의 나갈 길에
꽃의 향기가 되어 전해 온다
나는 낙엽 지는
오솔길을 걸으며 그림 같은 풍경 속에
빠져들 것이다. 그리움의 대상이 되어

당신

눈물을 소리 없이 훔칩니다
아픔은 그리움을 홀쩍거리며 닦아 냅니다
무엇이 사랑인지 무엇을 어떻게 하여야 당신을 진심으로
이해할 수 있는지를 묻습니다
어떠한 삶을 살아야 하는지를
어떠한 인생을 쌓아가야 하는지를 당신께 묻습니다
당신은 나에게 베풂의 행복을
당신은 나에게 첫사랑의 행복을
당신은 나에게 첫 아픔의 비애를 남겨 주고 떠났습니다
당신은 갔지만은 나는 당신을 이어 줄 수 있는 가정의
끝자락은 끝까지 놓치지 않겠습니다
나는 당신을 보내지 않겠습니다
그리고 그리움이 베어 있는 하얀 종이 위에 당신의
그림자를 새길 것입니다
눈을 감으면 금방이라고 당신을 어루만진 것 같습니다
나는 당신은 영원히 잊지 않을 것입니다
당신의 해맑은 웃음이 나를 울립니다
그리고 사랑도 나를 울립니다. 그러나 나는 당신을
사랑한다

2000년의 3일

별 헤는 밤

하얀 어두움이 깔리면 나는 짙은
사색에 잠긴다오
지나온 날들을 하나씩 하나씩 꺼내 보며
나는 당신과 미완의 약속을 한다오
비로소 익숙해지는 당신과의 추억의 미로를
헤치며 당신과 나누었던 모든 것을 갖게 해다오

사랑함이 너무나 좋아서
당신 앞에서 춤을 추며
당신 앞에서 꿈꾸었던 작은 장난감으로 남게 해다오
꺼져 가는 작은 초롱불 속에서 안간힘을 써 가며
지키려 했던 나 자신의 신뢰가 함께 사라짐에 가슴에선
이슬이 맺힌다오

저기 저 위에 별이
나와 당신과의 약속을 별 헤는 별이 묻혀 버린다오
지금도 눈을 들면 아롱지는 당신의 수수한 미소는
정말로 아름다웠다오
나는 당신을 사랑했다기보다는
그냥 좋았다고 그래서 좋았다고 할려오

하얀 겨울비

겨울비가 잊혀졌던 옛이야기를 들려준다
처음으로 가졌고 처음으로 느꼈던 파릇파릇
젖어 드는 그리움의 향기에 머리를 묻는다

사랑을 들고 겨울비를 맞이한다
짙은 안갯속에서 흐릿해지며 멀어지는 너를
잡으려 너를 놓치지 않기 위해 너를 쥔 손에서 눈물이 맺힌다

밤을 하얗게 지새웠던 지난날들은
너를 향한 첫사랑의 이름으로 소리 없이
나에게 다가온다

너를 위해 준비한 소중한 바구니를 품고
기대 어린 눈에서 기쁨이 인다
그러나 너는 가고 없다

하얀 겨울비가 돌아선 어깨 위로
외로움을 적신다
가벼운 한숨이 나를 울린다

2000년의 3일

영원히 너를 잊지 않을 거다
슬프고도 긴 이야기를 마친다
나만 남기고…

하얀 궁전

새것을 있게 한
삶의 뿌리를 한 아름 안고
너를 향한 깊이 패인 발자국이
나를 제자리에 있게 한다

이곳에 둥지를 틀고 내가 겪었던
눈부신 빈자리에 당신의 그림자가
아주 서서히 노을빛으로 저물어
간다

이별이 두려웠기에 그냥 그대로
너를 보낸 서글픔이 잿빛
그리움으로 나에게 가슴에
멍이 들게 한다
당신과 함께 사랑하고
당신과 함께 기뻐했던 시간마다
사뿐히 하얀 궁전에 쌓아
자료의 영상들을 펼쳐 본다

당신이 떠난
그 자리에 새하얀 새싹이 난다
하늘에 구름 한 점 없다
그리고 나는 말을 잊었다

님의 강

그리움이 닿고 닳아
눈물로 젖은 님의 강이 되어
갈대숲을 스며들어
가슴속을 파고든다

가신 님이 보고파서
큰 눈을 들어 파랗게 물들인
하늘에서 내리쬐는 이슬비에
정처 없이 헤매다 두 팔을 뻗어
가만히 님을 고른다

외로움이 쏟아지는
고요한 이 밤
나는 꺼지지 않는
작은 불씨를 지킨다

짧은 사랑에 많은 눈물을 쏟아 낸
그대에게 나는 머리를 숙인다
그리고 나는 홀로 술잔을 기울이며
살짝이 그대를 부른다

추억의 길

따사로운 햇살이 비친다
차갑고 어두웠던 회색의
기억들이 원 속에 녹아든다

삶이 무서웠다
삶이 지겨웠다
다른 삶이 부러웠다

여지껏 버텼던
작은 정신의 나태함은
찬 이슬에 묻혀 잊혀져 간다

너를 남겨 두고서
아픔을 버려 두고서
나는 가련다

세상의 아름다운 날을 회상하면서
내가 바쳤던 모든 것을 마음에 담으며
흐르는 빗물에 추억의 길을 만든다

새벽에 뜨는 달

세월이 한 장 두 장 모인다
지금도 꿈을 꾸는가
군데군데 떠 있는 삶을
나는 아직도 헤아릴 수 없다

까만 눈동자를 들어
형상화되는 모양들을 하나하나 세어 본다
갖가지 모습들이 떠오르다 누가 잡듯이
허공 속으로 빨려져 간다

고요한 이 밤
홀로 술잔을 기울이며 밤을 음미하는 이 밤
인간이 인간답게 여겨지는 이 밤
사랑을 사랑답게 바라보는 이 밤

너를 생각만 해도 눈물이 벅찬 이 밤
너의 그림자만 보아도 눈물이 무너지는 이 밤
나는 너의 그리움을 만지며
새벽에 뜨는 달에 몸을 기댄다

2000년의 3일

바람과 종이학

잔잔한 음악이 노를 젓는다
슬픈 사연을 띈 갈색 편지를
너 앞에 접으며 슬픈 사랑을
심는다

가지런히 놓인 이끼가 서린 책장 위로
우리만의 해맑은 추억에 웃음을 묻힌다
지금 너 있는 그곳에 아리땁게 접은
종이학을 예쁜 생각을 가진 종이학을 보낸다

너가 있던 그 자리가 너가 떠난 그 자리가 너무 무섭다
굵게 늘어뜨린 가로수가 아련거린다
종이학아 나는 거기에 있다
너를 화나게 했던 순간마다
마음이 족쇄를 채운다
서러움이 닿는 적막한 이 밤에
나 몰래 눈물을 훔친다
종이학아 종이학아
바람이 분다

잉태된 아픔

무엇이 나를 이끌었는가
무엇이 나에게 눈물짓게 하는가
찐한 서글픔이 나를 힘들게 하는가
미워함이 사랑에서 잉태되는가

이마에 주름이 패인다
너가 웃음 짓던 보금자리에
나의 마음에 꽃이 자란다
그 꽃을 너라고 부르런다

인간의 행위에 행복함을 갖는다
인간의 행위에 비애감을 느낀다
쓰라림이 나를 지탱했던 하나의
마음을 쪼갠다

그냥 안녕하며 떠나가는 널
눈앞에서 놓친 나를 꾸짖는다
진정으로 사랑한다는 님이
잉태된 아픔으로 나를 휘감아 돈다

2000년의 3일

버들피리

물레방아가 돈다
꿈을 안고 행복을 심고
물레방아가 돈다

구름이 떠 있다
누구를 그리워하며 누구에게 물음을 주는지
구름이 떠 있다

버들피리를 분다
가신 님이 보고파서
버들피리를 분다

하늘이 운다
뉘게 있어 무엇이 애달프게 하려나 사랑과 미움으로
하늘이 운다

연가

세상의 모든 것을 안고 해가 진다
슬픔도 외로움도 저 해를 따라
고개를 넘어간다

한 송이 백합화가 나를 오라 한다
누군가가 숨겨 놓은 그만의
연가이다

어두움을 헤치고 햇빛이 쏟아진다
나의 존재가 있게 한다
인간이 인간으로 남겨 둔다

사랑이 눈을 감긴다
나부끼는 마지막 꽃잎은 눈물로서 빈 가슴을 채운다
이별은 바람이 되어 나에게로 불어온다

떠나가는 아쉬움

포말로 부서지는 파도에
나의 몸을 맡긴다
푸른색 그리움이 희고 작은
물방울이 되어 나의 가슴을
때린다

위에서 아래로 쳐다본다
삶의 노래가 들린다
떠나가는 아쉬움이
저 허공을 차고 새로운
세월로의 여정을 준비한다

이것도 저것도 남겨두고서
나는 떠난다
내일 빛을 띄고 있는 저 바다의
고요함에 취하여 이리로 저리로
또 다른 삶을 찾아
너를 담고 나는 간다

내일로 가는 희망

포근하게 감싸 주는
샛노란 사랑에 약간의 전율이
온몸을 타고 흐른다

한 사람을 향해 보여 주는 나의
마음은 은빛 애정으로 저 높은 곳을
향하여 달음질한다

가는 그리움을 보내며
오는 애탐을 보듬이며
한 사람에게 깍듯이 손을 내민다

인생의 묘미가 이별에 있다면
나는 경험하는 눈물에서
쓰디쓴 맛을 느낀다

오늘도 창문으로 비치는 햇살에
한 아름의 소망을 한 방울씩 떨어뜨린다
내일로 가는 희망이 한 사람을 향하여 간다

특별한 사랑

흔들리는 눈동자에서
서서히 다가오는 너의 가냘픈 목소리는
한순간을 이겨 내려는
나의 마지막 의지였다

시샘하는 마음은
질투하는 마음은
너의 속마음을 훔쳐보며
너를 내 품속에서만 두었다

지금 이 순간
특별한 사랑에 숨죽이며
특별한 사랑에 울먹이며
당신이 가진 웃음과 눈물에
나의 웃음과 눈물도 더한다

너를 끝까지 지켜 내지 못한 나는
너를 끝까지 사랑하지 못하는 나는
너가 놓고 간 뜻 모를 일기장 위에
내가 흘린 눈물의 의미를 새긴다

他人의 고향

어둠이 깔린다
만들어지는 상큼한 사랑에
몸이 녹아든다

누군가가 주고 간
슬픔이 가슴 한구석을
파고든다

잔잔한 호숫가에
소리 없이 그리움의 비가
촉촉이 스며든다

쫓기듯이 다급한 계절은
어느새 따뜻하게 다가오는
향긋한 내음에 귀를 기울인다

저기 나의 고향이
나를 오라 손짓한다
그러나 他人의 고향인양 잡으니 사라진다

2000년의 3일

눈 속을 헤매는
님의 목소리는
까만 마음을 하얗게 물들인다

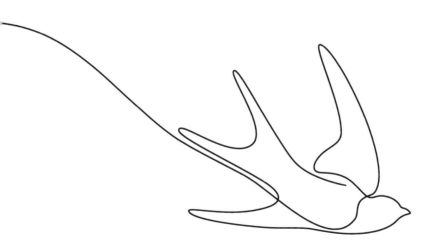

끝없는 이별

산 위에서 눈이
또 다른 산을 쌓는다
인생을 안다고 큰 소리 쳤던
한순간이 통한의 슬픔으로 남는다

아름다운 자의
겉모습에서 사랑을 본다
그림 같은 자의
속 모습에서 사랑을 그린다

마음속으로 아픔의
풍랑이 밀려든다
그리움을 가득 싣고
춥고 어두운 곳을 향하여 걸어간다

모든 것을 나누어 주고
인내하며 숨겼던 눈물이
눈 끝에서 결정된다
이제는 끝없는 사랑이
끝없는 이별이 되어
하얀 꿈을 접으며 운명처럼 다가온다

2000년의 3일

철부지 사랑

더위가 한창인 여름 위의 여름이었다
고개를 숙이면 부끄러워 미소 짓는
첫 만남은 짧은 사랑의 서곡이었다

땅 위에 살푼 엎어놓은 나무 기둥 위의
풀잎은 작은 추억으로 다가오고 있었다
인내하며 못 미더운 사랑이었다

비 오듯 전신이 땀에 젖었다
삶을 이겨 내기 위하여 반항하며
삶을 다투기 위하여 조각하며
사랑이 장난이었냐고 물었다

거리를 홀로 걸었다
흥얼거리며 슬픔을 노래하고
어디선가 들려오는 이름 모를 가랑비는
철부지 사랑으로 저 들녘을 울린다

아가

가볍게
눈웃음을 짓고
가볍게
눈물이 되는 나의 아가
첫눈을 느껴 보지 못하고
애처로운 이슬비에
슬픔을 조용히 자아내는
나의 아가

소리 없이 오고
소리 없이 가는
조그만 징검다리 밑의
시냇물이 되는 나의 아가

손짓하며 발짓하며
춤을 추듯 얘기하며
아장아장 걷는

나의 아가
아가 아가
나의 아가
곱디고운
나의 아가

가슴앓이

하얀 바람이 묻는다
옷깃을 여미며 걸었던 길을
다시 한번 걸어 본다
사랑이 뭐냐는 물음에
하늘만 쳐다본다

감았던 눈을 도로 뜨면
웃음 짓는 얼굴에 다가오는 미소는
손을 대면 사라지는
뽀얀 물거품으로
날아간다

슬픔을 잊을 수가 있다고
아픔을 버틸 수가 있다고 희망한다
하나의 사랑은 하나의 가슴앓이로
새로운 의미로 가슴속으로
그늘진다

2000년의 3일

구름은 좋겠다
바람이 부는 대로
님 계신 하늘가에서
님 향한 일편단심을
그림을 짓듯 눈물을 뿌린다

갈대밭이 낙동강아

꿈결인가 언뜻 스쳤던
물줄기는 구름다리 밑에서
찰랑대며 큰 강을 이뤄
갈등을 주며 사랑 또한
쏟아 낸다

해는 져 붉게 물든 강물 위로
인생의 단맛과 쓴맛을
흘려보낸다
사심 없이 노을 진 강 끝을
멍하니 쳐다본다

산다는 것이 무엇일까
지금 살아 있다는 것이 무엇일까
어디선가 들려오는
뱃사공의 노 젓는 노래는
삶으로 표현된다

무수히 오가는
인간군들의 바램을 가슴에 품고
갈대밭아 낙동강아
나도 싣고 너도 싣고
저곳을 향하여 그곳으로 가다오

달아

이름 모를 꽃이 떨어진다
잠시간의 행복은 우물가에 띄우고
맑은 웃음소리는 두레박에 담는다

그렇게 슬퍼했던
그렇게도 아파했던
순간들이 어두운 세월 속에 묻혀 간다

그림자의 그리움이 멀어진다
그토록 잡으려고 애달프던 마음은
세심한 미로 속을 헤맨다
하나의 사랑을 높이려 한다
오는 추억을 갈망으로 대체하며
가지려 했던 것을 놓친다

몸부림치면 잡으려 했고
짧았다면 짧았던 아쉬움을
허공에 그려 본다

달아 젖은 손수건을 날려 보내며
너의 몰락을 준비한다
달아 너는 아닌 너는 지고 있다

숨은 사랑

빛을 잃은 사진을 바라보며
빠른 행복감에 젖는다
마음을 도려내는 사랑을 한다며
흘러간 노래에 심취된다

떠나보낸 이는 소식이 없다
무엇이 옳은 행동인지
어떤 것이 올바른 가치인지도 모른 채
세월만 유수하다

나와 너의
인생을 논하면서
이별을 눈물로서 아름다운 곡조로
승화하는 상큼함을 맛본다

겨울의 살얼음을 뛰어넘고
따뜻함이 몸을 엄습한다
얘기하지 못했던 많은 사연을
깨끗한 종이에 적는다

2000년의 3일

삶의 굴곡이 드러난다
어디에서 비틀했는지 나는 모른다
그리고 숨은 사랑이 나를 울린다
종알대는 아기들의 콧노래가 흥겹게 들려온다

빈 들

홀로인 사랑을
이제는 놓아준다
한평생을 다짐했던 사랑은
이제는 초라한 등불이 된다

꽃잎이 흩어진다
깍지 끼고 약속했던
순간들이 눈길을 막는다
가는 세월을 하얀 머리가 말한다

이 세상의 모든 것들이
축복해주던 그 아름다운 날들이
순식간에 공중으로 떠내려간다
구름아 불어라 바람아 불어라

어느 누구도 반기는 이 없다
가고 싶어도 갈 수가 없다
오고 싶어도 올 수가 없다
나는 빈들에 서 있다
미완성의 인생을 장식했던

2000년의 3일

그 사람은 하나의 추억으로
머릿속에 갈무리된다
나의 사람아 나의 사람아

세월을 뛰어넘어

아껴 둔 인생의
단면을 당신 앞에 폅니다
너무나도 귀중했기에
너무나도 안타까웠기에
아무에게도 알리지 않았던 얘깁니다

꽉 막힌 창살에서
인생을 논합니다
바라만 보아도 좋았던
시절이 있었습니다
그러나 세상을 그런 날을 외면했습니다

어둡지도 않은 데 깊이 보이지 않습니다
존재할 만한 가치가 분명히 있지만
새로운 가치를 찾고 또 찾습니다
세월을 뛰어넘어 당신 앞에
손을 모은 나를 봅니다

봄이 오는 길에 눈이 내립니다
온통 하얗습니다
나도 하얗고
너도 하얗고
당신도 하얗습니다

지금 창밖에 봄비가

지난밤 꿈속에서 당신의 숨결을 만집니다
가파른 언덕길을 뛰어서 누군가를
기다리는 마음은 저 하늘은 알까요
사랑이 왜 아름다운가요

한 장 두 장 석 장
인생의 무상함에 묻혀 평생을
가슴속에 담아야 하는 못난 이 사람은
무엇을 하며 살아야 할까요

순수했던 마디마다
깨끗함이 옹달샘에 흐릅니다
눈가에는 주름이 가는 세월을 잡습니다
청아한 목소리가 어디선가 들립니다

추억이 힘들건 시간을 이겨 내도록 부추깁니다
어떤 것이 거짓이며
어떤 것이 진실인지를 알 수가 없습니다
지금 창밖에 봄비가 내립니다

2000년의 3일

갈증이 납니다
겨울의 차가움이 봄비에 녹아듭니다
사랑도 이별도 눈물도 가져갑니다
봄비를 타고 종소리가 은은하게 울립니다

겨울은 간다

하고 싶어도 하지 못했고 잊혀진 삶을
몰랐던 계절이 있었습니다
눈물을 자극하는 긴 밤이 싫었습니다
가장 추웠고 가장 못났던 사람이었습니다.

장밋빛 단장을 하는 것 같았습니다
처음으로 님을 맞이하였습니다
처음으로 사랑이란 말을 되뇌었습니다
그러나 모두 다 갔습니다

가시덩굴이 나를 옭아매었습니다
꼼짝하지 않고, 허공만 쳐다보았습니다
하늘이 웁니다
어지럽습니다

어디론가 떠나고 싶었습니다
숨을 수 있는 나의 공간을 짓고 싶었습니다
가지런히 놓인 짚신이 나를 떠나게 하였습니다
여기저기를 매만지며 찢어지는 안타까움을 느꼈습니다

한 줌밖에 안 되는 청춘이 그렇게도 좋았습니까
여러 가지 빛깔로 얼룩지고 여러 가지 모양으로 퇴색된
나의 겨울은 봄을 타고 갔습니다.

나비는

벗꽃이 눈이 되어 날립니다
삶의 갈증을 풀어 줄
누군가의 목소리를 기다립니다
지나간 전율이 아직도 느껴져 옵니다.

누군가와 팔짱도 끼며
웃으며 또한 우르며
함께 철길을 걸으며
맛난 인생을 받고 싶었습니다.

세상이 외면하는 발자취에
깊이 각인된 누군가는
비가 되며 바람이 되어
마음의 문을 열고 닫았습니다

기다리고 기다립니다
산마루를 타고
산 능선을 타고
누군가의 순정도 탑니다

2000년의 3일

폭포수의 물줄기는
삶의 무게를 달고
아래로 아래로 아무런
말없이 흘러갑니다

모든 것을 잊고 싶었습니다
아니 모든 것을 외면하고 싶었습니다
그러나 진한 봄기운이 싹을 일으킵니다
지금도 나비는 기차를 기다립니다.

멈춰진 삶

세상 끝까지 혼자인 삶을 가져갈 것 같습니다
지나쳐간 시간 속을 헤매며
진정으로 머물렀던 공간들이
한낱 꿈이었다. 속삭이고 싶습니다

꽃이 지고
눈이 오고
바람이 불고
해가 집니다

내가 가진 것을 버리며
네가 가진 것을 가지며
사랑이라는 한마디에
나를 버린 나를 만납니다

꽃이 피고
비가 오고
나무가 일렁이며
해가 뜹니다

2000년의 3일

인생의 끝자락을 부여잡고
짧고 긴 인생에서 어떤 것을 얻고
무엇을 잃는지 나는 모릅니다
그러나 멈춰선 삶 속에서
둥기둥 가야금이 웁니다

떠나는 아쉬움

가 버린 사랑은
무엇으로 보답을 받으며
가 버린 사람은
무엇으로 대체할까

눈부셨던 아름다움은
그리움으로 눈앞에서 어른거리며
몰래 미소 짓는 예쁨을
입안에서 맴돈다

거친 밭을 일구며
다양하고 담대한 열매에서
인생을 피우며 얻고 싶었던 것은
허공에서 겉돈다

하고 싶은 일들도
많았을 텐데
하얀 백발은
말이 없구나

한평생을
누구를 위하여 살며
누구를 위하여 한평생을
조각조각 나누었는가

잔잔한 노랫가락에
마음이 울렁이며
떠나가는 아쉬움에
손을 흔들며 돌아선
머리 위로 이름 모를 새가
날아든다

마지막 그리움

이제는 떨어지는
낭떠러지에서 그대의
이름을 부르며 그대의
손을 매만진다

그토록 모질게도
자리 잡고 있던 그대의
자리는 못내 안타까워하며
살풋이 눈물짓는다

뿌연 안갯줄을
헤매고 헤매다
자리 잡은 의지는 그대의
추억들로 소중함을 남긴다

낭랑하게 울리던
목소리는 메아리가 되어
이산 저산을 떠도는
나그네가 된다

2000년의 3일

혼미한 미로 속을
헤짚으며 만진
탈출구는 그대가 남기고 간
희미한 그림자로 새겨진다
하고도 싶고 참고도 싶은
나의 빈자리는 찐한
마지막 그리움으로
이슬이 되어 낙화된다

이별의 뒤안길

지나온 길을 그려보며
님과 함께한 삶의 노래를
작고도 큰 사랑가에
애환을 싣습니다

봄비에도
왜 이렇게 차가운지요
님의 얼굴은
왜 그렇게 작아만 지는지요
님이라는 말에 왜 눈물이 글썽일까요

단 하루를 살아도 님과
함께라면 참 좋은 인생이라고
말하고 싶습니다
님과 함께 단 이틀을 산다면
정말로 즐거운 인생을 살았다고 말하고 싶습니다

나는 님과의 하나의 삶이
두 개의 삶으로 나뉘는 것에 손을 잡습니다
그러나 내가 가졌던 님의 마음을

2000년의 3일

빗물에 씻기우는 나를
봅니다
아쉬움으로 다가오는 이별의 뒤안길에서
나는 님에게 어떠한 존재인지를 묻고 또 묻습니다
슬프고도 짧았던 몸짓은 나에게는
어떤 의미로 어떠한 가치로 다가올까요
지금도 비는 내립니다

선택의 미로

해가 숙연하다
고요함이 나의 마음을 촉촉이 적신다
정처 없는 여행을 준비한다
나그네는 말이 없다

이곳을 헤맨다
저곳을 헤맨다
당신이 있었던 그곳에
이름 모를 하얀 눈물꽃이 핀다

한잔의 술에
정신을 놓친다
무엇이 당신이고
무엇이 나인가

아지랑이가 꿈틀댄다
사랑을 찾는다
이별을 찾는다
그리고 인생을 찾는다

2000년의 3일

선택의 미로에 서 있다
내가 머물렀던 자리에
내가 머물고 싶었던 자리에
누군가가 심어 놓은 소나무는
그 푸르름이 애처롭다

뻐꾹새

이 세상의 모든 것이
피다가 지는 한송이 꽃이라면
당신이 피운 그 꽃은
나에게는 환상이었습니다

오늘은 비가 내립니다
내일은 해가 뜨겠지요
사랑은 아름답습니다
이별도 아름답습니다

뿌옇게 물든 하늘이
다음의 나를 보는 듯합니다
붉게 물든 석양은
인생의 단면을 보여 줍니다

만지면 사라집니다
다가서면 멀어집니다
눈을 감으면 보입니다
그러나 눈을 뜨면 아무것도 없습니다

2000년의 3일

저기 산속에서 뻐꾹새가 웁니다
너무도 구슬퍼서 나도 구슬퍼집니다
너무나 잘 울어서 나도 웁니다
인생도 그냥인양 따라서 뻐국댑니다

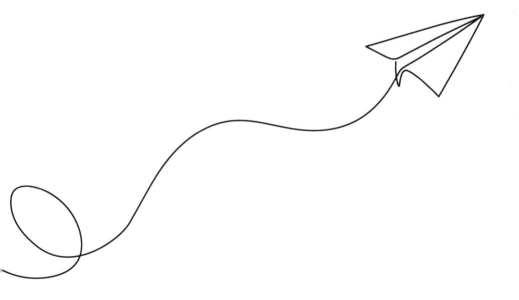

기나긴 여정

한 아름을 안고서
한겨울을 녹인 더위가 밀려온다
가슴앓이가 이제는 끝났을까
글쎄… 아직도 나는 모른다

태양은
자신을 태우듯
모진 비바람을
더위로 몰아낸다

사랑의 꿈도
잠시 왔다가는
미완의 행복도
무더위 속으로 파고든다

새들이
제철을 만난양
재잘댄다
하늘의 구름도
옹기종기 그 모양을 더한다

2000년의 3일

보따리를 짊어지고
기나긴 여정을 준비한다
어디선가 향기로운 바람이 분다
어디선가 향기 젖은 님의 노래가 들려온다
바다에 걸터앉은 태양은
그 주위를 빨갛게 물들이며
갈 길을 재촉한다
수평선의 한 나룻배가 님의 목소리를 싣고
조금씩 젓어 간다

홀로 아리랑

세상이 까맣다
여기도 저기도 까맣다
울어 봐도 울어 봐도
바뀌는 것은 없다

삶의 참된 가치는 무엇이며
삶의 왜곡된 형태는 무엇인가
나는 바람 한가운데 서 있다
오늘따라 바람이 거세다

오늘은 어떻게 살아야 할까
나를 위하여 아니면 님을 위하여
가지려고 노력하면 할수록 멀어지는 건
님이 남겨놓은 종이와 붓 한 자루

내일은 어떠한 인생길을 열어야 할까
빗장을 열어제치고 벗을 맞이하여
한 잔의 술로 인생을 달래 볼까
아니면 오지 않을 님을 위하여 들에 한송이 장미를 심어 볼까

2000년의 3일

홀로 남은 나는
홀로 남는 님을 위하여
아리랑을 홀로 아리랑을
쉰 목소리로 부른다

있는 것을 잃어버린 지금
나는 다른 있는 것을 찾는다
사랑을 찾고 이별을 찾고 그리움을 찾고
님이 버린 홀로 아리랑도 찾는다

사랑

비가 내린다
비가 눈이 되어
방울지면 좋으련만 삶의 덩어리는
갈래갈래 흩어진다

흘러내리는 빗물은
메마른 눈물에
사랑을 적시며 강을 건너 바다를 건너
흙 속으로 파고든다

저 하늘가에
스며드는 이 아픔은
누구를 위한 것이며
누구에게 준비되어지는가

허공에 떠오르는
그리움을 따라서 그려 본다
마음에 고운 색을 주워
사랑으로 차곡히 포갠다

2000년의 3일

비가 그쳤다

해가 뜬다

무지개가 뜬다

그리고 사람들이 오고 간다

한여름밤의 꿈

세상을 외면할수록
짙은 그림자를 만질수록
나는 밤새 떨고 있는 작은 잎새를
지킬 수 없는 작은 파수꾼이었습니다.

눈을 감으면
보일 듯 다가오는 작은 미소는
옹달샘에 퍼져 가는
하얀 물결 같습니다
당신의 이름이 낯설어집니다
당신의 이름이 무너집니다
사랑이 무언지 모르겠습니다
누가 있어 알려 줄까요

밤은 깊은데
잠이 오지 않습니다
당신의 숨결이 바로 옆에서
느껴져 옵니다

2000년의 3일

당신에게 묻습니다
나를 사랑하냐고
당신에게 요구합니다
나를 사랑해 달라고

인생을 논합니다
사랑과 이별과 만남은
그 무게가 같다고
그 미련도 같다고

한여름날의 꿈속에서
당신의 머릿결을 두 손으로
곱게 쓸어내립니다
한 번, 두 번, 세 번…

사랑하고 있다

밤이슬이
대지 위로 녹아든다
봄의 화사함을 멀리하고
수북이 쌓이는 땀방울은
좋은 이를 보고파 하는
동정이냥 쓸고 또 쓸어 낸다

하늘에서 소리 없이 비가 내린다
없는 듯이 지낸 세월은
있는 아픔이 되어 가슴을 찌른다
버리고 싶은 것이 있다
가지고 싶은 것이 있다
애심이다
이제 눈물도 말이 없다
움켜쥐고 놓치지 않는다
좋은 이를 붙잡는다
큰 눈에선 슬픔이
차곡히 쌓인다
잊으려고 애쓰던 옛 영화가
되살아난다

하고 싶은 말이 있다
너무나도 흔하고
너무나도 헤프다
사랑하고 있다
사랑하고 있다
매달리고 싶다
기다리고 있다
손을 맞잡고 흔들며
노래를 부르고 싶다
하늘에서 하얀 비가 내린다

장맛비

나는 슬픔의
수렁에 발을 디뎠다
헤어나려고 버둥거릴수록
더욱 깊이 빠져드는
나를 본다
어떤 것이든지 이겨 내기 위하여
어떤 것이든지 버텨 낼 수 있다고
자신하던 난
지금 무기력하다
어떻게 하여야 할까

가야 할 곳이 있다
반겨 줄지는 나는 모른다
나는 갈 것이다
아닌 가고 싶다
장맛비가 오락가락한다

그립다
보고 싶다
사랑한다

2000년의 3일

눈을 감는다
만질 듯이 다가온다

안타까워서
서러워서
아쉬워서
미더워서
눈물 짓는다
안개가 걷힌다
꽃이 된다
신비스럽다
아름답다
너는 꽃보다도 예쁘다

집착

햇볕에
쏟아 내는 땀방울은
지금의 나를 존재케 한다
미워하며 시기하며
질투하며 있는 그대로의
나를 나에게서 있는 대로
머물게 한다

나를 싫어하며
나를 잊으며
나를 가리우며
나를 씻기우며
나를 예전의 나로
돌이키며 집착은 그리움으로
노을 진다

너를 진심으로
사랑한다는 말을
이제야 하게 되는 나는
비 오는 거리를

2000년의 3일

두 손으로 가리며 하늘을
바라보고 안타까워
눈물을 너에게로 보낸다

나는 너를
진심으로 좋아한다는
표현을 삼가는
나를 지운다
사랑이 아프구나
사랑이 고개를 젓는구나
그래도 사랑이 좋기는 좋구나

가물거리는 기억을
하얀 도화지에
하얀 물감으로
너에게만 있는
너만을 촉촉함을
비 오는 석양에
비 오는 물감으로 너를 그린다

예쁜 풍선

비가 안개처럼 뿌연
고갯길을 안고 두 팔을
벌려 조용한 내음을 맛본다

재색 빛 하늘이
가깝게 느껴져 온다
눈을 감는다

사람들이 노래를 부르듯
제각기 다른 모습으로
제각기 다른 몸짓으로
기쁨을 이야기하며
사랑을 속삭이며
저마다의 예쁜 풍선을 날리운다

한겨울의 못다 내린 눈이
한여름의 한 서린 비가 되어
한없이 쏟아진다
혼자인 듯한 느낌에
처량도 하고 구슬퍼도 하고

발견하는 슬픔이 다가온다

숙였던 고개를 위로 편다
비를 온몸으로 맞으며
그리움을 찾으며
눈물을 감추며
소매를 추리며
가슴에 품는다

뒷동산에 올라
빗방울이 떨어지는
소나무에 애타는 마음을 걸어
저 먼 곳에서도 볼 수 있게
저 넘어서도 볼 수 있게
그림을 그린다 조그맣게

잠

하늘의 떠도는 저 구름은
지금의 내 마음을 헤아릴까요
스쳐 가는 바람은
짧게 왔다가는 한낱 인생의 일부일까요
지금까지 다듬은 나의 탑은
한순간의 작은 선택으로
온몸을 감으며 폭풍우 속의 나룻배로
이리로 저리로 우로 아래로 쏟아집니다

웃음이 납니다
허탈해서일까요
지난밤 꿈에서 진한 삶의 달콤함을
맛보아서일까요
사람이 사람을 사랑함이
힘들다는 것을 이제야 깨닫습니다.
사람이 사람을 미워함은
너무나도 쉽다는 것을 이제야 느낍니다

쪼그려 잠을 잡니다
금방이라도 문을 열고 들어올 것만 같습니다

146

그 큰 눈에서 눈물을 떨구던 그때를 기억합니다
마음이 지쳤습니다
가장 큰 슬픔은 나를 싫어하고 돌아서는 당신보다
내가 당신을 싫게 한 것입니다
잠에서 깨어
하얀 문을 멍하니 쳐다봅니다

2부

저기 저편에는

빗물은 오솔길에
그림자를 띄웁니다
사이사이의 하늘에
파란 아련함을 묻힙니다
바닷가 무인도에
작은 새가 지금도 웁니다
거센 바람은
소리도 옮깁니다

냇가 가장자리 잎새는
보고프다 속삭입니다
폭포에서 번지는 이슬은
꿈이 그리움입니다
외딴 오두막은
진한 외로움을 기억합니다
그때의 나룻배는
지금의 나룻배입니다

병풍처럼 고결해진 산하(山河)에
그곳에 숨겨 둔 너가 그립습니다

150

키운 눈물은
사그라들지 않습니다
꽃의 대상은
안타까움입니다
울긋불긋한 잔디 위의 안개는
지나친 세월입니다

작은 강도 큰 강물
그 뿌리는 인고입니다
눈과 바위와 호수는
나와 너와 복합체입니다
나뭇가지에 붙은 인내는
영원히 새겨진 청춘입니다
빨간 용암의 원천은
나입니다

스스로를 아래에만
가두고자 했습니다
그때의 의미를
나만이 압니다
나에게는 탄성이 없지만
그대에게는 절로 나는 감탄이 있습니다
조각된 짙은 눈은
저기 저편에는 인생입니다

우는 남자

한때는 초록빛 숲이
오로지 나만의 작은 숨결이었습니다
바위산 작은 둥지 속은 새는
살아있는 나를 만남이었습니다
큰 소나무 아래 호수는
늘 진실한 동반자였습니다
바다가 가진 멋은
나를 숨김이었습니다

볕 아래 구름은
두 방울의 이슬입니다
내가 훔친 눈물의 가치는
온전히 너를 가짐입니다
저 세상에서
나는 언제나 외면되었습니다
당신은 나에게
항상 단일이었습니다

잠자던 오솔길은
지금 깨어 있습니다

농부는 땀의 진실을
이어 갑니다
항구에 짙은 노을은
그림자가 아닌 실체입니다

돛단배 위 갈매기가
그토록 슬피 지저귑니다
히말라야 산은
여전히 꿈을 꿉니다
광야의 한 그루는
아무리 벗어나도 외롭습니다
절벽을 관통하는 기차는
기다림의 인내를 감수합니다

보는 이의 하늘은
각각 저마다입니다
휘몰아치는 구름에도
해는 너에게 웃음 짓습니다
바닷가의 백사장은
나와 너만이 쌓은 쓰러지지 않는 성입니다
하얀 눈 속에서
우는 남자가 울음을 베고 있습니다

나는 왕이로소이다

내 의자는 언제나
빈 임자입니다
자라다 만 꽃도
그 고운 사고(思考)를 꼿꼿이 지킵니다
과거의 나도 현재의 나도
미래의 나도 아닙니다
나는 떠도는
공간입니다

나는 늘
피리 부는 아이입니다
가까운 나뭇가지는
추억을 놓는 징검다리입니다
저 산속에서
나는 노니는 나비입니다
연못의 작은 소나무 얘기는
흥겨움에 너를 더합니다

강과 바다의 경계가 나라면
모든 울음에 한 장을 겹칩니다

154   2000년의 3일

내 맘은 폭포수 바로 옆에
조그만 초가삼간을 짓습니다
산 아래 안개는
산 위의 슬픔입니다
세월은 낚는 낚싯대는
항상 앞서지 않습니다

바위와 풀잎의 속삭임은
누군가의 닮은 자화상입니다
돛단배는 거친 항해에서
잊는 새로움을 배웠습니다
앙상한 느티나무엔
그리움의 늪이 향기롭습니다
너의 이치는
나의 이치입니다

파도는 진작
파도로 새깁니다
현재도
눈멀지 않았습니다
그림자처럼
너의 이름을 채웁니다
짙은 눈망울 짙은 눈물에
나는 왕이로소이다

한 장의 고독

무너진 하늘이
또 다른 하늘을 그립니다
같은 삶은
무척 아팠습니다
하나의 솔방울에
한없는 사연을 묻혔습니다
서리도 빗물도
동등합니다

나의 꿈은
화려를 제거한 풋풋함입니다
잊혀진 세월은
가고 싶어 환장한 과거입니다
정원엔
잔디가 늘 웃습니다
지금의 눈물은
짧은 만남의 인생입니다

작은 것도 큰 것도
나에겐 물거품입니다

2000년의 3일

"데려가지 않았냐"의
의문엔 나에게도 의혹입니다
나는
억울합니다
그대는 내가 아니지만
나는 그대입니다
많이
잊고 싶습니다
나는 세상의
여린 아이입니다
파란 하늘의
들길 속의 너는 나의 이름입니다
토닥대는 작은 손은
여전히 꿈입니다

해의 짐은
나의 짐이 아닙니다
억 장의 세월은
자는 너를 찾기 위함입니다
소나무가 군데군데
시기를 심습니다
한 장의 고독이 두 장으로
매 순간마다 새로움을 낳습니다

방랑자

어제의 환희는
오늘을 도는 떠돌이다
빗나간 감정의 노을은
어디에도 정처 없다
잊지 않고
데리러 갈 것이다
지금도 울고
또 지금도 운다

피리 부는 노인은
피리 부는 아이를 가둔다
나의 단 하나의 청춘아
또 다른 나의 청춘아
옛 얼굴은 설레는
나의 거울이다
얼음 속에 갇힌 나는
너를 추월하는 인내이다

넘긴 구름이
오는 구름보다 아름답다

2000년의 3일

삶의 한 장은
내일도 구슬프다
그 전날의
너가 보고 싶다
빗물 속의 나는
너의 빗물도 품는다

산 넘어가
그립다
끝내는 웃는
너를 그린다
무인도엔 내가 있다
바로 아래 초가집은 작은 인생이다

시냇물도 마른다
나의 모래성은
너의 형상이다
봄은 갔고
모닥불은 온다
나는 여기서도
저기서도 방랑자다

7일

저기에
안개가 온다
빗나간
밝음이 웃는다
들녘의 농부가
세월을 얘기한다
저 오솔길은
지금은 그대로다

하얀 눈과
붉은 장미는 오랜 친구다
구름만이
나를 안다
내가 머문 곳에 바위가 묻는다
언덕 아래
고향은 미소다

강가의 나룻배는
모래가 그립다
느티나무 아래

황소가 그냥 좋다
나를 넘은
너를 그린다
너는 영원히 꿈은 꾼다

소나무는 피고 떨어짐의 법을 안다
소박함이 미래다
깊은 산골에
내가 있다
다음 생에는 너와 나는 운명체다

너와 놀자
아득한 연못에
눈물이 아롱진다
낙하하는 흰 벚꽃은
여기의 삶이다
7일이 되어서야
삶이 너를 안다

예뻤다

한 개의 이상이
전체를 스며든다
그때의 아이는
너에겐 그리움이다
공간에 갇힌
너를 끊임없이 찾는다
수줍은 나는
수줍은 너를 꿈꾼다

장독 위의 나비가
삶의 가치는 묻는다
저 그림은
꿈꾸었던 소중함이다
거울만이
스쳐 감을 안다
눈 덮인 초가삼간에
비가 내린다

버림은 눈물만 못하고
찰나의 지킴은 웃음만 못하다

2000년의 3일

한잔이 또 한잔의
포개짐이다
소나무 아래 내가 심은
감나무가 눈 속에 애처롭다
화려함 뒤의 화려함은
슬프다

창밖의 비는
시샘 없이 기다린다
바다는 빗물의
소리 없는 울음에 애틋하다
호숫가에 너의
그림자가 산뜻하다
작은 언덕이 큰 언덕을 포용한다

갈매기만
바다가 홀로함을 안다
밝은 달은
어두운 달을 그린다
홀로 아리랑은 고향은 나이다
지금도 여전히 너는 예뻤다.

여인아

고개 숙인 너는
창 안의 평생의 그리움이다
앙상한 나뭇가지에
풍성한 열매가 익는다
지금 걷는 거리가
내가 심어놓은 작품이다
장독 뒤에 이름 모를 꽃이
늙어서도 아름답다

꽃보다
너의 냄새가 예쁘다
폭포수 아래 한 쌍의 남녀는
백 년의 맞잡은 손이다
재색 하늘 파란 바다에
소녀가 울고 웃는다
인생의 황혼은
작지만 생각만큼 크다

단풍은 오늘을 기약하지만
내일은 떨구고 가는 바람이다

2000년의 3일

감성은 나보다
그 소녀가 더 풍요롭다
이 조그만 나룻배는
세계를 돈다
검은 밤의 하얀 배가 애처롭다

그림 같은 오두막은
나의 숨결이다
눈과 어우러진 진흙은
나에게도 너에게도 한 장이다
큰 바위산 아래 파도는
모조리 삼킨다
오솔길을 덮은 나뭇잎 사이에 샘이 솟는다

하늘도 바다도
작은 배도 거짓을 싫어한다
저 넘어 안개가
나를 넘어간다
파묻힌 눈 속에서 피는
생명선이 즐겁다
여인아 여인아
있다가 없고 없다가 있어라

솔아

스쳤던 빗물에
소식을 안는다
돌아 돌아 돌아
샛노란 이름을 조각한다
꿈이 형형색색
꿈을 그린다
붉은 폭포가
나는 안다 운을 띄운다

강아 강아 강아
흐르고 또 흘러라
먹구름도
오늘은 웃는다
녹슨 철길은
새싹을 기다린다
달밤에 작은
눈이 오붓이다

나뭇잎이 떨어뜨린
물방울은 벗이 그립다

2000년의 3일

새야 새야 새야
저기로 저기로 저기로
나도 가고
너도 간다
이백 년의 다리가
단 하루를 기다린다

님아 살아 있었구나
님아 살아가는구나
울어야 할 때
나는 웃었구나
머릿속 안개가
더욱 뽀얗다
아리랑아
이제는 놓자구나

산봉우리 아래
하얀 구름은 그대로 머물러라
아가 아가 아가
곱디고운 수줍은 나의 아가
백지 위의
너는 마냥 하얗다
솔아 너는 아니
내가 너였음을

첫눈

무너지지 않는 하늘은
오늘 그 색이다
나는 지금
흐르는 아픔이다
버렸는데
또 버린다
좋은 나는
좋은 너를 그린다

말이 없는 나는
말이 없는 너를 찍는다
아름다움의 극치는 너이다
가만히 있는 나를
가만히 없게 만듦은 늘 물음인가
바다 위에 초가집을 쌓는 나는 포말이다

꾸불꾸불한 좁은 강길에
작은 삶을 띄운다
모진 비바람은
삶을 비켜 간다

2000년의 3일

나에게 있는 것을
너에게 더 있게 꾸린다
풍차야
삶의 끝까지 돌아라

풀잎아
원하는 순간까지 자라거라
안타까워
한 장을 넘는구나
눈물과 고백은
그때가 애달프다
사라지는 안개는
시작되는 안개가 애처롭다

비를 피한 구름은
나룻배가 정처이다
이슬로 물방울로
물방울은 바람이 된다
흑백의 나는
흑백의 물음이다
첫눈은
그곳에만 내린다

소녀야

비좁은 솔잎 사이의
햇빛은 그립던 엄지다
연못 속에서 구름은
속삭이며 핀다
나뭇가지에 걸친 삶은
그 무게를 모른다
눈물이 눈으로
눈이 아픔을 쌓는다

둑 위의 해가
나라고 옅게 기댄다
이 모래성은
무너지지 않는다
검은 하늘은
그 하늘의 한 점이다
저기서
살고 싶다

죽은 고향이
여기에 너무나 생생하다

꽃길의 너는
흙길의 인연이다
산들이 놓고 낮음을
얘기하며 노닌다
노란 들녘은
피리 소리가 자장가다

바닷속 작은 섬은
그 뜻이 하늘이다
받친 우산 아래로
비가 내린다
낙엽아
언제나 웃어라
이젠 갈 수 있지만
나는 못 간다

백 년의 외로움을
품는 너는 아름답다
인생의 시간은 너부터다
붉은 감이 지킨 바구니다
뜻밖의 소녀야
기다림의 소녀야

바란 이별_2019.6.26

바랜 손가락은
그저 스치는 안개다립니다
인연은
소멸되는 영원함입니다
행여나 다시 만나도
잊히지 않는 또 다른 행여나입니다
수줍은 그녀는
바보보다 예쁩니다

누가 물으면
나는 바람보다 낯선 바람입니다

싫든 좋든
나는 너의 본심입니다
겹쳐진 산 사이로
새끼 새가 오만한 강을 탑니다
우는 인생이 구름에 얹혀
내리는 빗물에 첨가됩니다

잘못된 만남이

잘된 표현의 승낙이 됩니다
가거라는 반드시
오거라의 필연의 약속입니다
오늘은 좋음이 나쁨을
이기는 행위의 절제입니다
빗나간 인성에
뽀얀 눈이 쌓입니다

억지로도 안 되는 건
오직 믿음뿐입니다
잃고 잃어도
떠도는 메아리인 너입니다
너의 발랄함에
깊은 숙면에 빠집니다
눈으로 지울 수 없는
가벼움의 시를 놓습니다
미워함이 그리움으로
그리움은 움켜쥐다로 칠합니다
너를 보장함은
나에겐 진리입니다
후회가 가장 싫어하는 후회는
바로 나입니다
바란 이별은
바란 눈물로 틀 잡힌 웃음을 짓습니다

3년

바람은
우리를 스치게 하지 않습니다
꽃의 어울림은
피폐를 지난 한 송이 바램입니다
뿌리는 뭉침으로써
존재의 가치가 이렇게 있습니다
다양한 명제는
단일의 삶의 색깔이 됩니다

너는 영원한
사람이자 지금입니다
가졌지만
놓습니다
버렸지만
줍습니다
갔지만
옵니다
아름다움의 극치는
순간의 포기입니다
천재의 첫걸음은

바보의 작은 생각입니다
변화의 고뇌는
'이기다'가 아닌 '지다'입니다
각 종의 나는
너는 더 이상 없는 현재화입니다

매일의 각성도
너를 그리는 소일거리입니다
투박한 정서는
앎이 서린 고인 빗물입니다
나는 꿈결 같은
감정을 시작합니다
속삭이는 나무는
끝까지 가는 길의 미풍입니다

파도가 바다를 물을 때
저 하늘의 구름에 인생을 묻습니다
뚜렷한 세속은
잡지 못하는 마음입니다
갈대도 꺾고
미지도 넘습니다
저기가 100년이면
여기는 3년입니다

다른 시작

감정의 골은
떨어진 나뭇잎의 색깔입니다
아름다움의 극치는
아름다움을 넘는 그 아름다움입니다
너는 변치 않는
불멸의 숨은 혼입니다
수천 년의 명맥은
숨 쉬는 바위의 인고의 날입니다

보고만 있을 걸
다가선 안타까움입니다
구름에 닿은 나무는
폭풍의 시련에 침묵은 미소입니다
이쪽에 없고
저쪽에서 나의 존재를 찍습니다
걸어서는 갈 수 없는 인생은
너가 나에게 준 의미입니다

홀로인 소나무의 외로움을
한 사람이 다독입니다

2000년의 3일

내가 너였다면
놓지 않는 항상의 외침입니다
겨울과 봄은
우정을 넘은 결의입니다
감탄의 기쁨이
수북이 이어집니다

가고 싶어도 가지 못함은
슬픔이 바라봄입니다
그 순간을 맴돎은
사람이 그곳에서 꽃을 피움입니다
우산 속의 여자는
행운을 든 백치미입니다
빗속의 너의
그림자가 그린 나입니다

현세의 가장 기쁨은
너를 만났고 또 만남입니다
어떤 위치에서도
너는 꽉 찬 맑은 장미입니다
나의 작품은
너를 예견하고 또 기다리는 것입니다
우는 시작은
웃는 다른 시작입니다

엉뚱한 바램

나를 이기고 싶은 난
폭풍우를 견딘 수줍은 냇가입니다
돌담길은 짙은 그림자를
기억하고 새깁니다
생성된 너를 끝내 지키는
호위된 나를 꿈꿉니다
노란 나뭇잎의 떨어짐은
세월을 견디는 소망입니다
저 그림 속에
내가 있음이 현실입니다
나무도 삶을 아는데
나는 예견된 삶도 모릅니다
불멸의 혼은
늘 곁에 있음에 손짓합니다
과거의 추억은
지금 이어지는 계속입니다
앙상한 가지에
붉은 열매는 너의 독특한 예쁨입니다
소나무에 걸친 매화는
정돈된 질서입니다

시간에 얽힌 고목은
기다림이 두렵지 않습니다
얼음과 낚시는
뗄 수 없는 언약입니다

잇따른 길 위에 하늘은
우리의 삶을 조종합니다
수많은 이름 모를 들꽃도
반드시 우리를 기억합니다
조촐한 자연의 경치는
아름다운 우리의 이어받음입니다
숱한 인내의 무엇은
피고 지고 또 핍니다

나의 평생의 숙제는
나를 찾는 것입니다
저 초가집이
나의 영원한 보금자리입니다
그 언덕에서 웃음 짓던 너는
이 언덕에서도 웃음 짓습니다
반드시 지켜야 할
엉뚱한 바램이 바람을 탑니다

준비된 만남

홀로 파도치는 들녘에서
스치는 모든 것을 품습니다
잊지 않는 그 날은
있어야 할 새날입니다
앙상한 가지에
너와 나를 잇는 세상이 됩니다
기다림을 놓아도
또 다른 기다림이 새롭습니다

겨울이 와도
나는 그때의 수줍음입니다
억지의 삶이 아닌
예정된 창조입니다
그리워지는 것이 아닌
지금 있는 바탕의 것입니다
수천 년의 산도 말이 없는데
나는 존재하는 말입니다

울고 넘는 언덕은
웃고 오는 정겨움입니다

2000년의 3일

허공의 길이
직접인 인생의 집입니다
넉넉하다의 표현은
외로움의 풍성함입니다
걸터앉은 세상에서
자연이 뜻깊습니다

옹기종기의 색은
절묘한 의미의 참입니다
이천년의 짐이
다시 이 천년의 짐입니다
끝이 없는 진리는
늘 지나쳐도 그 자리입니다
저 강의 처음과 끝은
너의 처음과 끝입니다

초가집 위의 눈은
눈 내리는 추억의 기억입니다
가짜 기쁨은
진짜 기쁨과 동등합니다
가려다 다시 온 너는
나의 전부입니다
비 내리는 준비된 만남이
종이보다 무겁습니다

예정된 우연

스스로 서 있는 나무가
너가 필요한 나를 존중합니다

자연은 차이지만
너는 차이가 없습니다.
숨은 너를 찾는 것이
나의 숙명입니다
바다도 말이 없고
나로 운명처럼 말이 없습니다

삶의 모든 것이
모순덩어리 너입니다
바람의 생명력이
너를 지키는 지탱함입니다
자신을 통제하는 태양은
상실한 나를 토닥입니다
갈매기가
석양 때 웁니다

아이 때의 그 마음이
지금은 그 마음입니다

2000년의 3일

그리움의 오늘은
반가움의 내일입니다
이치에 다다르지 못해도
너가 있음에 아쉽지 않습니다
강 너머 산 너머
너의 그림자가 있습니다

너의 정숙함이
나를 있게 한 이끎입니다
파란 하늘에 한 점 구름이
우뚝 선 너입니다
너도 갈대가 아니듯
나도 갈대가 싫습니다
너를 새겼던 조약돌에
너를 새기고 새깁니다

너를 찾는 것이
나를 찾고자 함입니다
저 속에 너와 내가 있음이
반드시 지켜야 할 법칙입니다
나는 떠다니는
등대입니다
예정된 우연은
늘상 도는 풍차입니다.

살짝 부끄러움

눈바람에 흐르는 구름은
도도한 던짐입니다
안개는 잠시의 삶에
본능적으로 성찰합니다
특출한 너는
내겐 보충의 너입니다
오늘을 바랐던 나는
내일도 뻗는 나뭇가지입니다

그때의 그 모습은 그
지금의 그리움을 더한 그 모습입니다
덜 익은 열매는
익은 열매의 실패를 보듬습니다
고즈넉한 마음은
산 정상에서 기다리는 애탐입니다
저 파란 달은
그리움의 나입니다

우뚝 선 너는
살아 있는 쉼터입니다

2000년의 3일

바위의 흔적은
세월의 짙은 내음입니다
허공의 추억은
만들어지는 내일입니다
은은한 종소리는
본능을 따라 한 순수함입니다

해가 생명이면
너는 늘 만지는 소망입니다
영원한 표본인 너는
성숙한 내면의 아름다움입니다
지배자인 너는
나의 전신을 묶습니다
강의 넉넉함에
암묵적으로 끄덕입니다

의자에 고인 빗물은
내가 짊어진 세속입니다
들녘의 풍성함은
양면의 부드러움입니다
단풍잎 사이의 햇빛은
쭉 이어온 산맥입니다
뿌리 깊은 바램은
샛노란 살짝 부끄러움입니다

선택된 갈림길

목마름의 한계는
너를 쌓은 허공이 무너지는 것입니다
너를 그리는 진심은
안개보다 심합니다
홀로인 나는
홀로인 너를 찍습니다
시끄러움은
조용함이 두렵습니다

화려함은
고독함에 매료됩니다
인연은 필연에
놀라지 않습니다
인생의 조화로움은
밤하늘의 별만큼 좋습니다
산 넘어 지는 해의 후광이
바다 위로 뜨는 해의 그 시작입니다

땅에 물음을 묻고
하늘에도 묻습니다

2000년의 3일

어둠을 뚫고
밝음을 뚫고 여기까지 왔습니다
모두의 전부가
나만의 전부가 됩니다
저 흐름에
하나 된 비롯함을 띄웁니다

고풍의 냇가에
한 쌍의 물고기를 풉니다
세상에 이겨도
너게 지는 소박함을 오립니다
죽은 나무에 열매가 맺으면
우리 삶이 형성으로 그 기초가 됩니다
강함의 이 행위는
너로부터 기인합니다

물보라의 수줍음은
추구하는 꿈꿈입니다
바다를 덮는 눈은 바람도 덮길 원합니다
꾸밈없는 아름다움은
고목보다 큽니다
갓 피는 선택된 갈림길은
봄 내음의 시초입니다

그대의 꿈

인생무상의 나이는
너를 잃은 그날입니다
너의 봄, 여름, 가을, 겨울은
늘 내 곁의 5가지입니다
오늘은 갈 수 없는 길을 걷는
바로 손꼽는 새로움입니다
태양의 계절은
맞잡은 우리입니다

익숙한 가을은
덜 익숙한 나를 교육합니다
숱한 세월의 나는
너의 이름에 녹아내립니다
폭풍우의 소리 없는 외침은
외줄기 나뭇가지입니다
멋진 너는 유일한
마지막 사람입니다

아팠던 나는
지금도 아픈 평온함입니다

2000년의 3일

탄성이 절로 나는 너는
이제부터 나의 삶입니다
사막에서의 물은
생명은 넘은 사랑입니다
눈 속에서 핀 새싹은
어색함을 건넌 아름다움입니다

바위 위와 바위 밑은
그 근본이 같습니다

풍성한 들녘에서
엉성한 우리를 노래합니다
너의 내면과 외면은
지금도 그대롭니다
길을 통과한 후에도
흔들리는 마음입니다

호숫가에 떨어진 벚꽃을
차곡히 쌓는 나는 태생의 자연입니다

많은 비와 바람에 인고의 이상은 매우 짧습니다
짠한 너의 미소에
나의 전부를 겁니다
그대의 꿈이 나라면
나의 꿈도 그댑니다

먼 곳에

나를 통과한 여기에
기쁨을 예비합니다
그기가 있었고
그대가 있었습니다
슬픔의 하늘은
기쁨의 하늘로 그 색을 입습니다
다 변해도
그곳에서 기다립니다

초원 위의
저 구름이 무척 예쁩니다
동화보다 고운 넌
평생의 소원이었습니다
돌아선 그날은
반사되어 눈물짓습니다
너는 진리를
보는 삶터입니다

애씀은 늘 진심과
마주칩니다

고향을 잃은 나루터는
순간을 이긴 영혼이 되었습니다
수평선은 지금도
묵묵부답입니다
태양의 사색은
못내 아쉬워하는 신념입니다

가을 산이 옷을 입고
나도 입고 너도 입습니다
그 어떤 고난도
오로지 한 길입니다
비켜 나가도 다시금
바로잡는 정통입니다
너의 화사함은
나의 평생입니다

높은 산이 낮은 산에
변치 말자 재촉합니다
그대는 생각만 해도
설레는 불변의 응답입니다
늘 있는 널 장식하는 난
그저 행복입니다
먼 곳에 있는 너는
지금 눈앞에 서 있는 숭고함입니다

잊겠노라

너와 나의 차이점은
지금도 안갭니다
그때도 놀랐고
여전히 진행 중인 이땝니다
그저 '보다'가 좋았는데
흩어진 그대를 줍는 것이 일상입니다
광활한 대지에서
지는 노을에 역행을 던집니다

이 길은
내일도 벅참의 길입니다
수줍음이 많은 너는
쫑알대는 기쁨입니다
너의 눈물은
위에서 떨군 폭포수보다 무겁습니다
너의 고요함은
평온보다 짙습니다
갯벌에서 걷던 아이는
갯벌에서 뛰는 어른입니다
하늘도 땅도

그대보다 작습니다
메마른 가지에서
깊은 뿌리를 봅니다
산의 근원도 바다의 근원도
한결같이 하나입니다

바람도 호흡이 거친데
너는 소리가 없는 본질입니다
자연이 주는 것과
너가 주는 것은 행복 그 이상입니다
홀로 섬에서 홀로인 널
너무 곱게 단장합니다
사시사철 그대는
나의 소망입니다

비에 씻긴 대지는
너가 뛰놀 공간입니다
눈이 오는 그날은
소롯이 맞잡은 희망입니다
선택은
운명보다 진합니다
'잊겠노라'는 너와 함께라면
끝까지 소멸합니다

나그네

오늘도 대나무는
푸르고 곧습니다
아무런 말 없이 만난 그대는
그저 말없이 떠났습니다
그대가 변했다면
세상도 변했습니다
내가 보고프면
그대로 보고픕니다

화분 속의 꽃이
하늘의 꽃이 됩니다
그대는 그때도 지금도
여전히 순결합니다
그대도 살짝 갔다가
조용히 오는 원색도 그리움입니다
그대는 뜨고 지지 않는
한결같이 다가옴입니다

구름이 좋았고
그대가 좋았습니다

2000년의 3일

그대 없는 현실은
비사고적 슬픔입니다
황량한 사막의 한 그루가
내가 아니길 기도합니다
어색한 삶도
결코 무너트리지 않는 그댑니다

희뿌연 그림자는 짙게 다가서는
채색된 나뭇잎입니다
이상의 시작과 끝도
늘 그댑니다
계산된 아름다움은 순수함으로
움푹 팬 맘에 고스란히 고입니다
형식적 예쁨이
실질적 맹세가 됩니다

얼어붙은 바다 아래서
너와 내가 너울댑니다
석탑의 전설에
너와 나의 진실을 더합니다
작금의 어수선함을
'있다'로 해결합니다
처음의 나그네는 결국의 나그네로
그대 곁에 눈물이 됩니다

거룩한 꿈

어제의 백치가
오늘의 맺음의 백치가 됩니다
한 자루 연필로 너를 그림은
비 오는 수줍음의 마음입니다
산 바로 밑 내 집에
빗나간 사람이 옵니다
검은 나무에 핀 하얀 열매는
오직 너에게 주는 믿음입니다

눈 내리는 그때는 창밖의 슬픔이고
눈 내리는 지금은 나만의 슬픔입니다
자연이 내게 준 선물은
너라는 작은 자연입니다
저 창공을 가르는 새는
내가 모르는 가치를 아마 압니다
겨울은 너를 가둘 수 있는
참한 계절입니다

저 나뭇가지 위의 새는
틀림없이 내일은 울 겁니다

그대는 하늘이 준
이천 년의 종소리입니다
투명한 바위 위에
너가 뿌린 눈이 곱게 쌓입니다
흘러 흘러서 인생의
가장 깊은 곳을 찾습니다

진실을 비로소 알게 된 난
짙은 향기에 여기저기로 방랑합니다
기다림에 지쳐도
그 기다림이 행복합니다
억눌린 삶도
그대 부름에 녹습니다
촘촘한 넋에
새로움이 생성됩니다

새싹에 떨군 빗물은
영원한 너와 나의 맞이입니다
하늘과 땅
그리고 너와 내가 이곳에 있습니다
다시 만날 이별은
그 무엇보다 탐스럽습니다
뿌린 대로 거둔 거룩한 꿈은
실패한 사랑만큼 아름답습니다

잠자는 너

그대 눈빛은 분명히
나를 담았습니다
나는 그대 옷깃을 여미며
수줍은 미소도 챙깁니다
내 자리는 영원히
옹달샘 가장자리 깊은 곳입니다
너가 있는 그곳엔
봄만 지속되는 고마움이 웃습니다

산행에서 얻은 이치는
버리고자 함이 아닌 얻고자 함입니다
너는 울퉁불퉁한 바위산에
운치를 더하는 새로움입니다
바람 같은 인연은
바람처럼 찾아옵니다
돌담 위에 쌓인 눈은
숙연한 그리움입니다

촘촘히 연결된 구름이
너의 걸음처럼 해맑습니다

2000년의 3일

너를 찾으러 갔다가
같이 옴이 현실입니다
너는 야생화보다
짙은 향기의 색입니다
그땐 몰랐는데 지금 함께하는
하늘이 그윽이 높고 푸릅니다

겨울비 내려 언 대지 위에
생을 얹어 미래를 키웁니다
흘러간 인생이
원점에서 다시 흐릅니다
보통은 추출함에서
얻은 단일의 맹세입니다
너는 내가 아니지만
나는 어디서나 너입니다

바랜 사진에 채색된 삶은
놓고 가는 심부름꾼입니다
저 위의 홀로 섬은
수천 년을 지켜야 할 숙명입니다
익은 곡식은
고결한 인격입니다
세상을 깨우는
잠자는 너입니다

아직도

이틀을 달관해도
한 아름의 그리움은 그곳에 있습니다
너는 지금도 그 내면의
향기가 설레게 진합니다
하늘에서 너는 구름 사이로
나를 봄볕으로 웅합니다
찬란한 바람은 가고
소소한 짙은 바람이 옵니다

얼음 속의 봄이
너와 나를 가릅니다
해의 밝음도 달의 도도함도
너를 시샘합니다
옅어진 보고픔도
놓치기 싫은 믿음입니다
너의 공기는 언제나 환상입니다

졸졸 흐르는 시냇물은
큰 강줄기를 이겨 내는 근본입니다
나무 밑 깊이 심은

인내가 푸릅니다
내 편인 너는
영원한 생명입니다
빗속에서 피는 열매는
너와 나의 여백입니다

비워 둔 세상을 우리를
다져 넣고 촘촘히 잇습니다
사계절이 지겹지 않음은
고통도 벗 삼는 이 그릇을 비워 둠입니다
고정된 갈대밭에
미세한 움직임은 새로움의 내일입니다
너는 과거도 미래도 아닌
지금 내 맘속에 있는 치솟는 광야입니다

창공에 앉은 새가
이 슬픔을 기쁜 깊이로 지저귑니다
바로 하지 못한 감정을
새로이 형성된 작은 방에 고이 기릅니다
바다가 품은 인고를
등대가 이제야 압니다
있는 세월은 등장시킨 나는
아직도 그때의 미지의 소년입니다

너의 추억

눈보라가 그리움에
건너편의 붉은 장미에 사뿐히 앉습니다
억눌린 감정은
끝이 없는 길의 맨 앞에 있습니다
어떠하냐의 물음에
그저 햇빛에 그을린 눈물 한 방울입니다
웃음도 슬픔도 지나갔지만
너는 여전히 움직입니다

태어날 때 너는 울었지만
나는 빙그레를 맘에 새겼습니다
저 산에게 나를 묻습니다
저 산이 너를 대답합니다
많은 것을 얻고 잃음은
자연에 묻는 동녘의 철학입니다
벗과 전생의 인연을 보며
현실의 벽을 허뭅니다

눈을 뜰 때마다 번민이 가고
눈을 감을 때마다 희생이 옵니다

나를 이곳에 내려놓고
그곳의 너를 가집니다
그대는 누굽니까
나는 자유입니다
누가 높습니까
나뭇가지에 삶을 건 자입니다

꽉 찬 삶에
다시 인생을 넣습니다
너는 과거 현재 미래의
한결같은 표본입니다
세상이 넓어도
너는 여전히 좁은 새싹입니다
다 왔다고 생각했는데
이제 시작입니다
꾸물거릴 여유가 없었는데
지금 너무 넘칩니다
가만히 짚어 보면
굴곡의 인생은 천년의 만남입니다
천진난만한 그녀는
다가오는 바탕에 소소한 바람입니다
너의 추억은
짙게 축적되는 형상에 집중됩니다

우린

여기까진가 여겼는데 너를 만남은
가을 낙엽이 역류하는 봄의 내일입니다
오늘과 내일인 너는
세월의 방랑자인 나를 허공에 묶습니다
너의 등장이 비뚤어진
이곳의 수줍은 등불입니다
기다림은 갔지만
너를 기다림은 지금 오는 운명입니다
너가 있고 없음은
움직이는 낭만의 토대입니다
생각하는 흙 내음이
발걸음보다 경쾌합니다
너를 업고 재촉하는 마음은
사랑 위에 돌담을 쌓은 같지 않은 사랑입니다
인연은 결합을 약속하며
스스로를 알고 건네는 숙명입니다

머뭇거리며 다가서려 할 때
빛처럼 넌 얼음 속의 뛰노는 생동력입니다
이토록 삶이

고마운 적이 없었습니다
너라는 선물은
없다가 있는 벅찬 눈물입니다
이별의 벽은 언제나
건너뛰는 내면의 승리입니다

고정된 세상의 삶을
저 산 바위를 지키며 한 올씩 풉니다
달관한 구름도
지금의 폭풍우를 샛길로 인도합니다
푸른 하늘에 하얀 눈서리는
짐이 아닌 이겨 내는 자체의 생성력입니다
다리 밑을 흐르는 강물도
너가 건널 적에 그 흐름은 조정합니다

세상의 좋은 이치가
생각하는 참한 너게로 전환됩니다
너의 빙산의 일각이라도
나에겐 영혼보다 짙은 본능입니다
너가 있음은
내가 있기 전에 예정됨입니다
우린 한 가지 정(情)만 주는
일념(一念)의 가장자리입니다

기다림의 끝은

산이 눈에게
형체도 없이 덮으라 명합니다
오늘은 내일을
절대로 잊지 못합니다
그 나무가 어른이 되어
생활이 된 풍파를 조롱합니다
놓아서는 안 되는 수천 년의 기다림에
넘어지지 않는 너의 숙명에 그 필연이 닿습니다

너의 초롱초롱한 눈망울은
결이 굵은 인생에 늘 동행합니다
애틋한 그 동산에
봄 여름 가을 겨울이 성인이 됩니다
들판에 뿌려진 안개에
싹이 터는 들꽃이 하늘을 쳐다봅니다
인연의 끝이 시작이면
너의 끝은 나입니다

흥망성쇠가 완성의 길이라면
내가 그 길을 성큼 넘을 것입니다

2000년의 3일

너만의 철학으로 일군 이 언덕을
나도 넘고 저이도 넘습니다
거친 바다에 노니는 조각배가
사뿐히 바다 끝은 향합니다
떠도는 구름 위의 너는
눈길을 소리로 걷는 바람입니다

앉지도 서지도 눕지도 못하는
빈 공간은 나의 산 영혼입니다
저 숲속의 의자는
너만을 기다리는 나의 궁궐입니다
지는 것이 인생이라면
그 역류의 도전은 색다른 가능성입니다
좋고 싫음이 막상막하면
나를 넘는 너가 나의 삶입니다

억울함을 해방시키는 나는
그 돌담 위를 걷는 조그만 아이입니다
사계절에 우는 넋은
너를 맞이하는 수줍은 넋이 됩니다
어떻게 살았는데가
한여름밤의 곧은 빗물입니다
기다림의 끝은
자연이 낳고 키운 운명입니다

언젠가 가겠지

빛이 되었는데
여전히 빈손입니다
구름이 되었는데
여전히 방랑잡니다
꽃이 되었는데
여전히 슬픕니다
달이 되었는데
여전히 그립습니다

까마귀가 백조가 되어
저 하늘을 거침없이 솟습니다
너는 운명보다 아름답고
나보다 순결합니다
나로의 탈출은
너로의 속박입니다
너를 확대하면
그 속에서 나의 삶이 꿈꿉니다

너와 나의 인생이 모이면
세상의 이치가 그곳에서 자랍니다

2000년의 3일

한산한 저 산은
혼잡한 내일을 생략합니다
우리의 보금자리는
너의 독특한 소소한 취향입니다
가다 말다 돌아서면
웃음 짓는 애틋한 눈망울이 현실입니다

장미보다 향기는
생각하는 너의 고백입니다
자연과 모진 풍파는
있다와 없다의 정성 어린 폭입니다
섞임의 철학은
모든 것을 씻는 본능입니다
반사되는 빛깔은
생성되는 억센 감동입니다

가를 수 없는 저 파도는
자를 수 없는 고독입니다
너를 닮아가는 나는
그 어떤 행복보다 촘촘합니다
도열하는 나무보다
잡초처럼 너를 도열합니다
지금 눈 내리는 한 그루의 들녘에
언젠가 가겠지

소녀의 운명

그대가 내민 색다름에
수십 년의 경계를 가볍게 오릅니다
세상이 어떤지를 모르는 그녀는
인생은 어떤지를 아는 그녀입니다
지금 단일한 소망을 쥔 그녀는
다 줘도 변하지 않는 생명입니다
그대는 운율을 동작케 하고
달을 조율하는 새로운 형태의 속삭임입니다

그녀를 해석하면
숨 쉬는 해맑은 항아리가 태동합니다
아무리 빼더라도
그 고운 자태에 삶이 시작됩니다
지쳐 버린 변화에 툭 던져진
그녀는 나만의 그네입니다
이별 없는 만남이 억센 인연이라면
기약 없는 기다림은 설렘입니다

떨어진 낙엽을 모두 주워 담고
또 떨어지기를 기다리는 햇살입니다

웃고 우는 너와 나는
곧 자연의 이치입니다
잘 익은 홍시를 건넴은
그대를 향기롭게 하는 수줍은 호롱불입니다
세상이 아름답고 그립고 고마운 맘은
나의 작은 붓이 그대를 찍기 때문입니다

세상을 역행하는 믿음은
너와 내가 있는 원입니다
풍성히 익은 벼가
산자락에 모여 인생을 논합니다
길과 막다른 골목길이 만나
서로의 희로애락에 눈물짓습니다
그대의 존재는
고난의 허공을 울린 마침표입니다

아픔에 새살이 돋게 하는 그대는
나의 영혼이 사는 근원입니다
영원함이 없는 예약이지만
너와 나는 영원할 것입니다
빈틈없는 맛깔은
이제야 드러난 그대의 본질입니다
눈길 위에 깊이 팬 발자국은
소녀의 운명을 하늘에 전합니다

순이랍니다

평범함에서 하늘을 찾은 난
떠돌지 않는 거울입니다
대륙의 야망도 깨끗이 씻기우고
지금 너 앞에 있는 난 또 다른 야망입니다
툭 튀어나온 고목나무의 작은 내음은
인생의 고단을 색칠하는 떨어지는 낙엽입니다
꿈결 같은 문명의 빛바램은
높고자 했던 수줍은 나그네의 소견입니다

막다른 벽을 뚫었는데
또 막다른 벽은 승자의 지름길입니다
얻고자 버렸는데 또 얻음은
시기하는 본능이 변색의 가면을 씌움입니다
다가서는 날들과 다가오는 날들은
교차되지 않는 묵은 그리움입니다
겉과 속의 다름의 이김은
지금도 경쟁하는 삶의 생존입니다

비교의 뿌리는
본능의 고자질입니다

2000년의 3일

가벼움을 넘어 진실로 가는 넌
초라한 진리에 내일을 싣습니다
미래의 그다음은 화려함이 아닌
추종하는 한 편의 이야기입니다
태어나고 다시 태어나는 근원은
놓칠까 노심초사하는 나를 찾음입니다

사색하고 사색하는 얼은 귀결은
서로의 영속을 확인하고 보존함입니다
그대가 아득해지더라도
너의 곁엔 내가 웃고 있을 겁니다
너의 속성이 순수함이면
난 버린 조각을 메꾸는 너의 보조품입니다
새는 울어 자아를 만끽하고
나는 울어 자연의 변화무쌍함을 토합니다

각종 감정의 옳은 나옴은
가십거리를 넘은 너를 향한 투자입니다
하나씩 쌓은 돌담의 무게는
천년을 지킨 나만의 고집입니다
고달픔을 노래한 한 사람이
이를 이겨 내는 바로 그 한 사람입니다
바닷물 위에 쌓은 수평선을
하늘로 잇는 넌 순이랍니다

빡친 소나기

스치는 공간마다 감춘 고민을
마냥 태연하게 깝니다
어두움을 짓밟은 어두움은
내가 넘어야 할 엄중한 깃털입니다
세상이 좁게 보여도
얼핏 그 거리는 폭이 큰 한 걸음입니다
하늘까지 쌓은 집념은
벗겨야 할 한 종기 그릇입니다

있어야 할 곳에 너가 있음은
내가 살아가는 단일의 영속입니다
바다의 뿌리는 노아란 나룻배가
노를 젓다 멈춘 바로 그곳입니다
나는 너의 외로움도 받고
직진하는 행복한 외로움입니다
쫓아가는 고요함이
쫓아가는 감동이 됩니다

어둠의 세력은 이 작은 촛불에
크게 흔들리는 기름종이 한 장입니다

2000년의 3일

너와 나는 어제의 석양이
구름을 제치고 막 뜨는 밝은 해입니다
천둥이 치고 번개가 와도
두렵지 않음은 그게 이성이기 때문입니다
타는 불빛에 우리를 비춤은
맑은 본질이 기다리기 때문입니다

넉살 좋은 단풍에 멋진 구름은
우연한 만남을 가장한 풍류입니다
이 세상이 아무리 변해도
딱 한 가지 지킬 것은 다짐입니다
잡는 억셈을 뿌리치고
지금 내 자리는 처음의 사랑입니다
선택함이 보통을 밟고
사뿐히 올라서는 미소입니다

두려움을 극복한 두려움은
평생을 들고 가는 얘기입니다
너에게 지금 줄 선물은
뛰어남보다 그냥 평범함입니다
목이 메어 부르는 그 이름은
너가 태어난 그 순간입니다
빡친 소나기가 삶을 풀고 채점하는
비로소 남다른 무늬의 선생님이 됩니다

그 어떤 오후

나를 이긴 미안함이
너에게 수줍은 얘기가 됩니다
예언이 과거가 됨이
전혀 이상치 않습니다
없었던 너는
이제는 있는 매듭입니다
어쭙잖은 나에게
너는 꼭 짜인 이치입니다

다 주도 남는 것은
너가 준 삶의 신선함입니다
거친 겨울을 삭이고
한 장의 풀잎의 한은 그게 인생입니다
깊이 우는 철새가
폭풍을 헤쳐 가는 지혜가 됩니다
너는 삐딱한 세상을
바로 맞추는 등불입니다

곁눈질의 타인의 전체에
한 잔의 무게가 걸터앉습니다

216   2000년의 3일

무조건 나를 이끎은
하늘이 무너지고 다시 섬입니다
주막등이 기억을 밝히면
몰래 감추었던 내음이 향수가 됩니다
빈 도화지에 마지막 색칠은
누군가의 달관입니다

창밖에 비 내리는 늦은 밤
백지를 허공에 매는 난 소박함입니다
귀뚜라미 울음에 너를 더하면
억장의 세월이 무너집니다
어슬렁거리는 찬 바람에
매화 향기가 나를 차고 너에게로 갑니다
아름다움의 극치는 그것을 제친
너의 밝은 울음입니다

꽃봉오리가 떨어질 때와
꽃이 필 때의 애잔함을 그 들녘에 싣습니다
나무들 사이로 새는 너의 웃음은
막 떠오르는 태양의 해맑음입니다
지금 차곡히 쌓는 담장은
너에게 주는 작은 이의 꿈입니다
이슬비 내리는 차분한 겨울밤에
그 어떤 오후를 기다립니다

하늘나라

무더위가 있어야 할
장막을 벗긴다
무더위가 아픔의
비애를 안는다
사랑이라는 몸짓에서
당시에 몰랐던 아름답고
깊은 감정의 물결을 느낀다
아지랑이가 한들거린다
가쁜 이야기 속의 그리움이 가득 찬
돌아갈 얘기는 입가에 맴도는
울음으로 추억으로 한 장의 나뭇잎으로
한 편의 의미를 새긴다
인생의 화려함은 사랑함으로서
인생의 채색함은 이별함으로서
인생의 소멸함은 자연의 품으로
되돌아감으로서 그 자리를 메꾼다
비가 쏟아진다
비가 그쳤다
햇볕이 난다
구름 속으로 사라진다

2000년의 3일

사람들이 슬퍼한다
사람들이 말한다
나를 당신을 그리고 우리를
눈이 내릴 것 같다
마음의 노를 젓는다
사랑하는 이를 놓아두고
더욱 보고픈 이를 만나러 간다
들로 산으로 하늘나라로 간다
하얀 꿈을 꾼다
얼굴에 평온함이 깃든다
모든 것이 고요하다
미워하는 이도 사랑하는 이도 사랑받는 이도

지켜 내지 못한 약속

눈을 감고 지난
꿈속을 넘긴다
꽃이 막 피어 있다
처음 그녀를 만난 곳이다
나는 그녀를 지키는 파수꾼이 되고 싶었다
그러나 그녀는 떠나갔다
햇볕이 바람결에 날리운다
내가 사랑하고 좋아했던 것만큼
너도 나를 그렇게 사랑하고
좋아하는 것이 힘이 들었냐고 묻는다
이제는 한 번의 이별이
여러 번의 이별인 것처럼 가슴에 와닿는다

짧은 행복에 긴 한숨이 베인다
장시간의 사랑에 눈이 멀었다
짧은 후회도 긴 후회도 없다
남기고 간 손때 탄 몇 개의 물건이
그녀를 못 잊게 한다
이것도 내가 사는 삶의 한 방식인가

2000년의 3일

나는 그녀를 지켜 내지 못했다
여린 그녀가 나를 울렸다
바람처럼 와서 바람처럼 사라져 간
그녀는 다시 첫 느낌이었다
가슴에 비가 내린다
비가 마음을 씻긴다

지켜 내지 못한 약속이 귓전에 맴돈다
나의 못한 사랑을 이해해 달라고
너가 떠난 지금에야 고백한다
나는 시인이 된다
나는 노래한다
나는 춤을 춘다

님의 날개

비는 바람이 되어 더위를 나릅니다
여름을 보내며 가을을 맞이합니다
사랑도 해 본 사람이 잘하듯
이별도 해 본 사람이 잘합니까
이젠 흘릴 눈물도 없습니다
그러나 나는 울고 있습니다
안타까워서 서러워서
미워서 보고파서 웁니다

저 너머서 안개가 핍니다
하늘로 저 하늘가로 피어오릅니다
미로 속을 암흑 속을
헤매고 또 헤맵니다
내가 그리워하는 님이 나를
그리워하기를 바랍니다
사랑의 뒤안길이 이렇게
큰 줄 진정코 몰랐습니다

비를 맞고 걷습니다
무슨 생각을 하는지

무엇으로 비를 맞는지…
하늘이 검게 물듭니다 하늘에 그리움이 뱁니다
잠깐이면 됩니다 슬픈 눈망울의 님의 소리가 들립니다

님은 오지 않습니다
그러나 꼭 올 것만 같습니다
어떤 이유가 있는 것은 아닙니다
나를 찾아 몇십 리를 달려올 것 같습니다
단풍이 짙은 가을이 성큼하게 옵니다
세상의 이치가 피다 지고 지고 핍니다
나의 인생도 또한 마찬가지입니다
그러나 나는 언제나 피고 싶습니다

눈꽃이 쌓이는 겨울이 그리워집니다
삶의 응어리를 눈처럼 하얗게
물들이고 싶습니다
님을 보내기 싫습니다
그렇지만 보내야 합니다
어떠한 의미가 있는 것은 아닙니다
이제는 님의 날개를 놓아줘야겠습니다
비가 눈이 되어 뒷동산의 솔나무에 사뿐히 얹힙니다

가랑비가

가을인데도 여름인양
더위비가 아지랑이에
걸터앉아 거칠게 내린다
사랑이 별거냐고
사랑은 운명적으로
다가오는 것이라고
생각했던 지난날이 그립다
노력하는 사랑은 아름답다

멍하니 쳐다보는
하늘은 구름이 자욱하다
이 순간만큼은 원망도
질투도 이별도 없다
가랑비가 내린다
곱게 피어나는 한송이 장미는
젖은 비에 고개를 떨군다
노력하는 운명은 아름답다

이제는 모든 것을 잊고 싶다
공허하고 공허하다

잡을 듯 잡을 듯 잡히지 않는
그리움을 아쉬운 그리움을
여기저기에 걸어 본다
가파른 고갯길을 쉽게
넘을 수는 없을까
노력하는 슬픔은 아름답다

헤어짐을 늘 가슴에 안고
외로움을 늘 마음에 품고
몸도 영혼도 하늘 아래에서 노을 진다
새록대며 피는 하얀 꽃은
조각조각 하얀 바람으로 흩어진다
한낱 괴로움을 잃음으로
찾고자 하는 본능은 누구에게 향할까
노력하는 안녕은 아름답다

눈꺼풀이 무겁다
난초에 물을 준다
늘 새로움에 늘 곁에 있음에
잊었던 소중했던 추억들이 물결을 따라
밑으로 밑으로 걸러진다
삶을 만들어야겠다
아……
노력하는 선택은 아름답다

너는 영원하다

수많은 세월을 살아왔고
수없는 세월을 만들어야 할
인생은 하얀 모래성을 딿는 나그네인양
한 줌의 쉬어 가는 놀이터인양 잠깐 웃고 잠깐 운다
영원할 것이라고 생각던 지난날은
미풍에도 날려져 간다
나를 지키고자 했던 그날의 맹세는
너도 지켜내지 못하고 사라져 간다

날마다 괴로워하며
힘든 세상을 살아가건만
너는 너무나도 쉽게 잊혀져 간 세월을
너무나도 쉽게 잃고 있구나
너가 나라면 눈물로 지새운
밤의 의미를 아주 조금은 공감하고
아주 조금은 사랑하겠지
아니 아주 조금은 미워하겠지

구름아 구름아
하늘 아래 구름아

한 맺힌 슬픔이 녹아
한 서린 이슬이 되어
눈망울로 희사되는 너의 모습에서
뿌옇게 그려지는 너의 영상에서
한 잔의 말로 머리를 움켜쥐고
하늘을 저 하늘을 담는다

아름다움을 아름답다 못하고
작은 손으로 나를 가렸던 어리석음은
사랑한다고 좋아한다고
백한 번을 불렀던 작은 모양은
소중하기에 여러 말보다
한마디의 짧은 말이 이 가슴에 스며든다
너가 녹인 첫사랑을 찻잔에 담고
모락하게 피어나는 너는 향기롭다

비 오는 거리에서 우산을 받쳤던 작은 손은
내가 평생토록 새겨야 할 그리움으로
내가 다른 삶을 찾아 헤맬 때도
어느새 다가와 위로가 돼 줄 너는 영원하다
가을인가! 낙엽이 짙게 날리운다
마음에 병이 한 겹씩 쌓인다
나만의 벗이 그립다
나는 오늘도 바람에게 울음 운다

연애 소설

가을인가요
흐르는 샘물은 산줄기를 타고
금세 다가선 단풍은
파란 하늘을 담고
저 구름은 산 사람을 닮습니다
한 사람의 첫사랑은 이별을 향해
떨리며 감겨지는 님의 눈동자는
그리움을 향해 뒤로 앞으로 머뭇거립니다

한 사람을 진심으로 이해해 보셨나요
한 사람의 아픔을 같이해 보셨나요
석양을 등에 지고 작은 나룻배를
나르는 한 사람을 보셨나요
길을 잃은 사슴마냥
이리 뛰고 저리 뛰는 한 사람을 보셨나요
우두커니 비를 맞고 있는
이름 없는 한 사람을 보셨나요

이슬에 젖은 손수건을 저기에 걸어
님이 갔던 길에 님이 다시 올 그 길에

내가 뿌린 눈물의 의미를
내가 흘릴 눈물의 가치를
바람에 피어나는 하얀 안개와 같이
그렇게 흩트릴 것입니다
나는 님을 보낼 것 같습니다
그 까닭은 나도 모릅니다

사랑이 거저닙까
남몰래 왔다가 나만 알고 사라지는
그저 그런 것입니까
떨어진 낙엽도 떨어질 낙엽도 나만 갖고 가는
그저 그런 것입니까
사랑이 왔는지도 모른 채
그저 있다가 갔습니다
나만 남겨 두고 갔습니다

나는 연애 소설의 첫 장을 씁니다
무한정 밀려오는 외로움을
철부지 아이가 철부지 어른이 되어 가는
행복과 슬픔의 아름다움을
조그마한 보자기에 차곡히 쏟을 것입니다
어두움이 짙게 내리는 하얀 밤에
나는 연애 소설의 첫 장을 넘깁니다
빗소리가 작은 골방을 돌고 돕니다

3부

평온

외딴 마을
외딴 초가집
작은 초롱불

초가집 위에 하얀 꽃
햇빛에 반사되어 비추는 작은 무지개
붉게 물든 하얀 저녁놀

굴뚝에는 살며시
피어나는 한 송이 풍경화
멍멍이가 짖어대는 작은 노랫가락
은은하게 울리는 해맑은 웃음소리

해

어둑어둑한 새벽 찬바람에
가슴을 움츠린다
검붉은 빛깔의 역경을 밟으며 겪었던
나의 삶이 부끄럽지는 않다
인생의 첫 출발이 사랑에 있음을 나는 안다

사랑은 모든 것을 추구하며
이루고 싶은 것을 갖게 해 준다
인생의 깊이는 슬픔보단 기쁨을
미움보단 사랑에 있다
나는 사랑한다는 말이 너무 좋다

저기 저 산 위로 조금씩 해가 떠오른다
어둠은 가고 햇빛 찬란함이 나에게로 다가온다
잃어버린 세계를 찾은 나는
기쁨이 눈물의 춤사위로 너펄댄다
오늘도 해는 뜬다

한 편의 영화처럼

어릴 적에 소꿉친구들과
웃음과 우정을 나누었다
술래잡기도 팽이치기도 하며
한 편의 영화처럼 꿈을 꾸던
나의 어린 시절이었다

삶의 진솔함을 위해 기도했고
그러한 삶을 함께 나누자고 맹세했다
맹세는 허공을 맴돌았다
혹독한 삶이 우리를 갈라놓았다
한 편의 영화처럼 스쳐 가는
나의 청년 시절이었다

나는 미래에 닥쳐올 환난과 행복을
미리 맛본다
사랑하는 사람과의 인연도
미워하는 사람과의 인연도
모두 소중하게 나의 삶을 채워 줄
나의 고귀한 인생의 일부와 전부이다

2000년의 3일

한 편의 영화처럼
다가오는 나의 생명의 언어이자
희망의 변이다

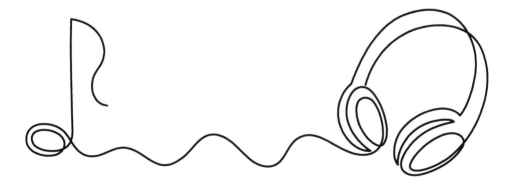

흙

삶 속에서 찾았던 그리운 고향의
흙을 마음 한구석에 품는다
세월은 유수인가 길을 걸으며
지켰던 맹세는 이루지 못할 뜬구름이었다

고향의 땅을 밟아 보며 굵고 짧았던
삶 속에서 사랑을 배웠고 이별도 배웠다
덧없이 흐르는 시간의 틈바구니에서
고향의 흙 위에 나의 삶을 사뿐히 내려놓는다

용서란 아름다운 것인가
삶이 삶다워야 함을 이제야 느낀다
옛사람도 그랬고 나도 그랬다
흙의 향긋한 내음에 취한 듯
나는 가슴을 열고 그리운 고향의
향기를 작고 깊은 샘물에 띄운다

2000년의 3일

회상

외로움을 떨쳐 버리고 싶은 듯
그리움을 외면하고 싶은 듯
슬퍼함을 잊어버리고 싶은 듯
사랑함을 못내 감추고 싶은 듯
미워함을 몰래 버리고 싶은 듯
하얀 눈을 밟으며 우리만의 비밀스러운
이야기를 함께 지새우며 나누었던
그 많은 날들이 잊힌 계절 속으로
조금씩 사라져 간다
가슴을 파고드는 찬 바람은 눈물을
애써 참는 나를 더욱더 버림받게 한다
한 잔의 술로 이 현실을 벗어나고 싶은 나를 본다
지워지고 있는 추억들이 먼동이 트며 뿌려 대는
하얀 눈부심에 묻히어 바람같이 왔다가는 인생처럼
스쳐서 간다

해방

해 질 무렵 황금 들녘 아름다운
지평선에 걸쳐 있는 죄의 사슬에서
나는 조심스레 그 매듭을 하나씩
풀어낸다

나를 아프게 했던 지난날의 기억 속에
어두움을 내어 치고 밝고 맑았던 추억들을
하나둘씩 벗겨 내 그 껍질을 소중하게
나의 자화상에 감싼다
이제는 나의 길을 가련다
모든 슬픔과 외로움을 저기 저 타는 불꽃에
던지고 죄의 얽매임에서 해방된 나를 만난다
퇴색된 자아를 멀리하고 막 피운 꽃망울을
나의 가슴에 묻는다

2000년의 3일

가을을 보내며

나뭇가지에 낙엽이 없다
앙증맞게 무지개 밭을 일구었던
가을을 보내며 나는 눈을 감고
행복과 슬픔이 오고 갔던
그 길목을 회상한다

사랑도 아팠고 마음도 아팠다
가는 님에게 꽃신이라도 신겨 줄 걸 그랬나
애써 눈물을 감추려던 지난날들이
아련히 떠오른다

못내 이 현실을 이겨 내려고
안간힘을 쓰면 쓸수록 더 깊은
암흑 속에 빠진 나를 본다
과거보단 현재와 미래에서
한줄기 구원의 빛을 찾는다
그리고 나는 지금 낙엽을 밟는다
자… 이젠 가을을 놓아주어야겠다

가을

가을 찬바람에
가슴에 구멍이 생겨
나를 주저앉힌다

잘못된 사랑이라도
해 봤으니 여한은 없다
나를 지탱했던
뭉클한 감정들은
소리 없는 눈물이 되어
흘러내린다

둘 곳 없는
빈 마음을
채워 준 너는
피다 만
장미인가

사랑은
좋은 것이나
지금은

작은 아픔이 된다
우수에 찬 낙엽은
날리지도 않고
돌아선 어깨 위에
쌓여만 간다

갈망

나는 지금 무엇을
하고 있는 것일까
나의 꿈은 허공에
대고 외친 메아리인가
지난날의 기억들이
바람결에 쓸려져 간다

갈증이 난다
목을 짓누르는 듯하다
귓전에 맴도는
이 소리는 무엇일까
사랑에 굶주린
나의 자화상인가

아무도 헤아릴 수 없는
세지 못할 숫자의 눈물인가
이해할 수 없는 세상사에
눈물이 아픔을 적신다

저 산을 보며
저 자연을 보며
나는 눈앞의 사람을
갈망한다

客

하늘에는 구름 한 점 없다
너무나도 밝고 맑은 저 샘물에
발을 담근다
한 점의 티라도 허락지 않는
저 하늘을 바라보며
조심스레 나의 삶을 푼다

오늘은 빈손으로 왔다
넓은 하늘을 다 품에
안을 것만 같다
샘솟듯 펄럭이는
이 감정을 노래하고
또 노래한다

오늘은 빈손으로 간다
내가 가진 모든 것을 초개같이
힘껏 던지며 걸어왔던
고난의 길이 바로 추억이 되고
기쁨이 되어 백발이 흘려 내린
등 뒤로 바람에 쓸려져 간다

하늘에는
구름 한 점 없다
너무나도 밝고 맑은
저 샘물에 발을
담근다

한 점의 티라도
허락지 않는
저 하늘을 바라보며
조심스레 나의 삶을
푼다

겨울비

어두움이
짙은 새벽에
겨울비가 내린다
봄 여름 가을의
체취를 한껏 묻힌
지난날의 추억들을
소리 없이 씻긴다

거리는 한산하다
몇몇의 형상들의
그림자만 어른거린다
지난날의 희망들이
맥없이 흩뜨려졌음을
기억한다

지금 나는 거리에 나서
겨울비를 맞이한다

사랑하고 미워하고
슬퍼하고 눈물짓는다

인생이 이런 것이구나
나의 메마른 대지 위로
얼지 않은 겨울비가
내린다

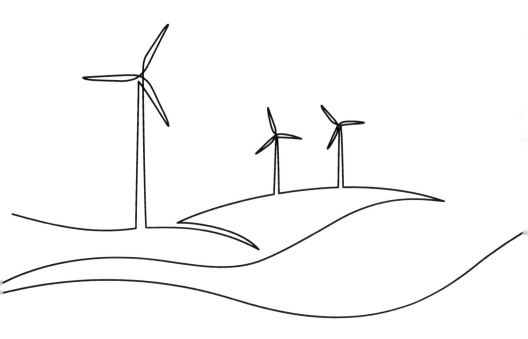

꿈

곤한 밤
불청객의 발소리에
꺾여 버린 나의 작은
꽃잎

풍랑에 돛을 띄워
스르르 눈 감으면
피어나는 나의 작은
눈망울

한 잎의 꽃도
마지막을 장식하듯
아름다움을 처절함으로
피어낸다

겨울의 모진 비바람을 들쳐 업고
난초는 피어난다

고백 1

흰 눈을 맞으며 생각했습니다
지금 당신께 기도를 하여야 하겠습니다
인간을 사랑하시고 인간의 참인 행위를
기뻐하시는 당신께 말씀으로
모든 것을 잊게 해 주신 당신께
순종의 기도를 드립니다

슬픔을 기쁨으로
시기함을 사랑함으로 승화시키시는
당신의 아름다운 모습에 감동화한
이 감정을 당신 앞에 풀어 놓습니다
못난 얼굴을 기뻐 감싸시는
그 고운 손길을 기억합니다

수북하게 쌓인 죄의 더미에서
헤쳐 나올 수 있게 해 주신 당신을
마음속 깊이 새깁니다
눈물 한 방울의 의미를 깨우쳐 주신 당신을
사랑함이 진정 어떠하다는 것을 일러 주신 당신을
지금 갈망하는 기도의 참뜻은 바로 당신이었음을
고백합니다

고백 2

눈결같이 고운
당신의 자태에서
나는 당신 앞에서
한없이 작아짐을 느끼며
당신이 주신 나를 느끼고
싶다고 고백합니다

인생의 참의미가
무엇인지를 당신께 물으며
나의 삶에 대한
기쁨과 슬픔을
노래합니다

이름 모를 인생으로 와서
당신께 나의 이름 석 자를
기억해 달라고 떼쓰고
잡초처럼 엉클어진 삶을
당신께 던집니다
이제는 어떤 유혹에도
이겨 낼 수 있다는 자신감은

2000년의 3일

눈 녹듯 무너져 내립니다

누가 나의 흐르는 눈물을
닦아 줄 수 있으며
누가 나의 메마른 가슴에
물을 적셔 주겠습니까
어제도 오늘도 내일도
오직 한 분 당신입니다

고향

저기 저 산을 넘으면
나의 고향이겠지
나를 반겨 줄 이는 어린 손을
잡고 사랑과 소망과 인간됨이
바로 나라는 것을 눈을 뜨게 한 당신

세상의 억센 칼날에
당신이 바랐던 맑은 영혼은
지치고 힘들어 당신의 모습을
눈속에서 당신의 형상을 그려 봅니다
어느새 눈가에 이슬이 맺힙니다

나의 고향 푸른 잔디 위에 고이 잠든
당신을 부르고 싶어도 대답이 없는 것 같습니다
이제서야 느낍니다

2000년의 3일

세상에서 나에게 가장 소중한 것이
바로 당신임을 알았습니다
맺힌 이슬은 방울이 되어 양 볼에
흘러내립니다

나의 눈물을
나의 한을 닦아 주소서

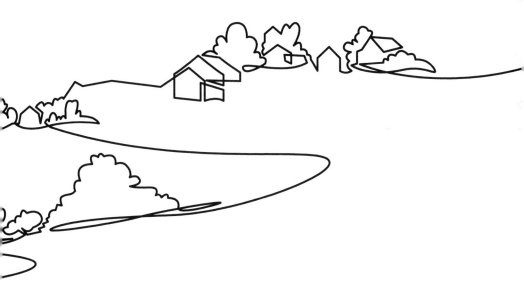

국화

눈이 나리는 가파른 절벽가에
한 송이 국화가 피어 있다
누구를 향한 열정이며
누구를 향한 그리움인가
국화야 나에게 대답을 해다오

바람결에 조금씩 설렁이며
향기를 내뿜는다
그 아름다움이 눈을 현혹시킨다
피어 있는 그 자체로서
모든 것을 품고 있는 듯하다
사랑도 미움도 아픔도

휘몰아치는 진눈깨비를
국화는 담담히 받아들인다
탐스럽게 핀 국화는
아무 일 없다는 듯
나를 향해 빙긋 웃는다

2000년의 3일

나는 지금 눈 내리는
절벽 둥지에 올라
국화의 그윽한 향기를
남몰래 딴다

나루터

즐거워서 어깨춤을 덩실대는 사연들
잊을래도 잊을 수가 없는 사연들
눈물과 웃음의 뒤섞임 속에 콧노래를
흥얼거리며 뱃사공은 노를 젓는다

건너편 나루터에 이르면
영원히 이별되는 사연들
내가 죽도록 사랑했던 사연들
진한 감동과 아픔을 보따리 속에
감춘 채 뱃사공은 노를 젓는다

흐르는 강물 위에 떠 있는 저 나룻배는
마냥 오고 가는 사연 없는 사연들
오늘은 누굴 맞이할까
비 내리는 나루터에 사연 있는 뱃사공의
작은 노랫소리에 적막감만 짙어 간다

　　　　　　　　2000년의 3일

기다림 1

작은 풀잎에 맺혀 있는 아침 이슬도
온밤을 지새워 일구어 낸 열매이다
자줏빛으로 물든 낙엽도 온 정열을 쏟아붓는다
그다음 차디찬 겨울을 맞이한다

기나긴 겨울이 나를 슬프게 한다
그러나 끈질긴 희망을 당기며
나는 고요한 호숫가의 물결처럼
잔잔한 감동을 품는다

이른 아침 창문을 거칠게 연다
찬란히 빛날 나의 영혼을 매만지며
바람같이 성큼 다가오는 쉼터를
나는 밝게 기다린다
조그만 해가 지금 막 쌓인다

기다림 2

나는 지금 무엇을 하고 있는가
나비처럼 이 꽃 저 꽃을 헤매다
길을 잃었는가 아니면
달콤한 향기에 정신을 놓았는가
나를 기다리는 그대는 누구인가

사랑 없는 삶을 천년을
살아 본들 무슨 의미가 있겠는가
그대를 사랑하는 내 마음은
그대를 기다리는 내 마음은
철썩이며 바윗돌에 부딪히는
파도의 운명이란 말인가

꿈을 꾸었는가
그대와 함께 거닐며
울긋불긋하게 피어난 꽃숲을
그대에게 바치며 사랑한다고
행복했었다고 말하런가
그대만 바라보면
난 왜 눈이 멀어지는가

2000년의 3일

그대를 기다리는
내 마음은 정녕 꿈이런가

기다림 3

안타까움이 눈물로 화합니다
흘러내리는 눈물을 닦아 줄
하얀 손수건을 든 당신을
기다립니다

슬픈 이야기가 메마른
가슴을 울립니다
찡하게 퍼지는 이 징 같은
울림은 나의 온몸을
감싸고 돕니다

기다리다 지쳐 잠든 나를
하얀 손으로 어루만지시는
당신을 봅니다
나의 기대를 다독거리시는
그런 당신의 아름다운
손길을 기억합니다

잠시 동안 머물고 간
당신의 그 자리에

2000년의 3일

한 송이 하얀 백합이
핍니다
나의 마음은 어느 샌가
당신을 쫓아갑니다
눈가엔 기쁨의 눈물이
조그맣게 어립니다

기대

까치의 울음소리가
단잠을 깨운다
창문 밖에는 하늬바람과
까치가 서로서로 제 모양을
탐낸다

오늘도 그 누구를
기다리는 마음으로
기대 속으로 스며든다
그리운 이가 오려나
보고픈 이가 오려나
기다리다 잠이 든다
꿈속에서 기쁜
모든 것을 살며시
어루만진다

해가 진다
기대도 해를
넘어 사라진다
붉게 물든 저녁

하늘은 살아 있는
모든 것을 품에
안는다

내일도 해가 뜬다

지금 기대의
깊은 수렁에
빠져든다

나그네 1

지난날의
후회 없음이 후회된다
가고 싶어도
갈 수 없었던
얽매임에서
자유를 만진다
사랑도 아픔도
잊은 채 가고프다
흙에서 님을 찾는다
길가에 꽃이 애처롭다

한적한 시골 마을
아침이면 연기가
모락모락 새 둥지를
짓는다
저녁이면 황혼빛에 물든
연기가 수채화를 낳는다

산 중턱 바위에 걸터앉아
꿈틀대는 향수를 달래듯

풀피리를 만진다
그리고 꿈을 꾼다
애달픔을 실은 하얀 꿈을

나그네 2

어느 한곳을
머무르지 못하고
오늘도 꽃 내음
물씬 풍기는 들녘을 지나
오솔길을 지나 산을 지나
강을 지난다

가지 말라고
붙잡지도 않는다
달리 오라는 데도 없다
그냥 정처없다
또 다른 삶이 길이 된다

보름달이 뜬다
저 하늘의 별이
손을 내민다
어디선가
귀뚜라미가 운다
오늘도 들리지 않는
아무 소리에 귀를
모은다

2000년의 3일

날개

도시의 빌딩 숲 사이고
하나둘씩 나타나는 꺾여 버린
날갯짓에 창공을 더 차고 오르지
못하고 밑으로 추락한다

인생의 참맛을 다 맛보았다고
우기던 지난날들 속에 날개는
진정 있었는가 쓴웃음이 나오는구나
인간의 탐욕으로 도시는 아래로
떨어진다

빛이 비춰 온다
광야를 휘감아 돈다
날개는 믿음과 소망과
사랑을 짊어진다
하늘이 웃는다
구름이 저 해를
따른다

눈물

진한 아픔이 다가온다
겨울의 찬 이슬은 나를 반겨
지금의 병든 마음은 아픔을 삼킨 채
소리 없는 눈물 한 방울이 되어
베개 위에 떨어진다

진한 고통이 다가온다
화려했던 찰나들을 뒤로한 채
목놓아 울어 보지 못하고 난간을 부여잡은 채
고통을 삼키고 소리 없는 눈물 한 방울이
찬 바닥 위로 떨어진다

진한 슬픔이 다가온다
세상의 모든 것을 포옹한 듯
사랑과 미움이 슬며시
나의 혼을 빼앗는다
소리 없는 통곡의 이슬 맺힘이
메마른 유리병에 떨어진다

2000년의 3일

당신

손을 놓으면 깨어질 것만 같은
연약한 당신의 그 고귀한 웃음짓에
나는 마음의 족쇄를 풀어헤치고
그냥 같이 웃습니다

더문더문하게 설익은
당신의 그 고운 눈물짓에
나의 마음은 눈 녹듯 슬픔이
무너져 내려 같이 눈물짓습니다

지금 밖에 눈이 내립니다
사랑을 듬뿍 실은 하얀 눈입니다
손을 뻗어 나만의 당신을 쌓습니다
한 겹씩 쌓여져 갑니다
바라만 봐도 좋습니다
손끝만 스쳐도 좋습니다
내일이 없어도 좋습니다
당신이 있어 좋습니다

동화 속 이야기

어릴 적 동화 속 이야기 속에
웃음과 울음이 함께하던 시절
사랑이 뭔지도 모르고 그냥
사랑한다는 말로 모든 것을
포용하던 시절

철부지 아이가 어른이 되는 시절
파란 꿈을 꾸며 인생의 참의미를
깊이 있게 새기던 시절

엄마 아빠가
동화 속 이야기 속에
주인공인 시절

뜻 없는 세상에
이마에 깊이 팬 주름이
머리에 하얀 눈꽃이
날리던 시절

사랑도 이별도 미움도
모두 다 동화 속의 이야기를
주섬주섬 모두어
인생의 돛을
띄우는 시절

들꽃

가을 갈대밭을 지나
저 광활한 대지 위에
들꽃이 피어 있겠지

폭풍우를 만나
피어나지 못하고
꺾여 버린 들꽃이
한 겹씩 찢겨져
흩날리겠지

햇볕이 들면
들꽃이 바로 그 자리에
조금씩 생명을 얻고
조금씩 열매 맺기 위해
온 정열을 쏟아붓겠지

모진 세파 속에서도
한 줌의 흙 위에서도
봄 여름 가을 겨울 들꽃이
마냥 그대로 그냥 그 자리에
피어 있겠지

들녘

갈대밭 사이로 은은한
노랫소리가 새어 나온다
농군의 굽은 허리 위로
광활한 들녘에도
태양이 자태를 뽐낸다

아름다운 목청을 수놓고
한잔의 사랑과 이별을 달랜다
구름 한 점 없는 가장 맑은
하늘가 들녘이다

저녁노을이 들녘 너머로
황혼이 인생 너머로
한 겹씩 넘어간다
농군의 노랫가락은 오늘도
그다음 날도
조그맣게 스며든다

미련

한 줌의 만남이라도
한 줌의 이별이라도
그것이 꽃으로 화하는구나
사랑을 사랑으로 표현하지
못하고 그냥 지나쳐 버렸다

어두운 골목길에 접어들었다
그 흔한 가로등도 없었다
나는 무엇 때문에 통한의
눈물을 흘려야 하나
나는 왜 떠나간 사랑을
그리워할까

지금 창에 빗물을 뿌린다
비는 서글픈 마음을 아는 듯
받쳐 든 우산 속에서
조금씩 밖으로 내민다
서툰 미련을 버리지 못하고
가신 님이 다시 오실 그 길에
한 송이 장미꽃을 고이 접어
저미는 가슴 안에 고이 앉힌다

274   2000년의 3일

바다

우수의 작은 눈망울은
저 바다 끝 수평선 위에서
둥글게 형성되는
무언가에 꽂힌다

성난 물결은 나를
감싸서 바다 아래로
밀어 넣는다
숨이 막힌다

영혼을 지배한 감정의
찌꺼기를 저 바다 깊이
가라앉혀 묻을 수 있을까
정말 그럴 수 있나

바다 위 작은 바위에서
조용한 슬픔을 맛본다
배가 왔다 배가 갔다
나는 일어선다
옅은 바람이 분다

바람

오늘도 이는 바람에
이불의 끝을 접는다
온몸을 감싸고 돌던
이글거리는 불꽃도 이제는
타 버린 재처럼 바람에
뒤엉켜 이리저리 방랑한다

그렇게 곱고 빛나던
불꽃도 한 줌의 재가 되어
당신 가슴에 안기려 한다
꿈결처럼 아늑한 당신의
품에…

만져지지 않는다
숨결을 느낄 수가 없다
숨길 수 없는 감정의 끝자락을
당신을 놓치려 하지 않는다
당신의 따뜻한 숨결이
어디선가 불어온다

2000년의 3일

나의 머리를 예쁘게
쓰다듬던 그 투박스런
손길이 바람처럼…

빈집

고향에 빈집이 있다
그 빈집은 우리의 추억이
고스란히 그곳에 묻혀 있다
꿈에서만 보는 빈집에
마음이 아련하게 피어 온다

초가집과 감나무가 어른거린다
어릴 적에 빈집은 애증의 연이
새차게 엉클리었다
슬픈 마음은 늘 빈집을
따라갔다

빈집에 우물이 있었다
그 우물엔 가족의 향기가
짙게 스며들었다
행복에 득의양양한
빈집이었다

2000년의 3일

지금 이 빈집이 없다
사랑도 미움도 슬픔도
빈집을 따라 조금씩
사라진다

빗물

힘겹게 눈껍을 여닫는다
혹 비소린가
가을을 앓는 자연의 이치인가
숨을 멈추고 조용히 만져 본다
따뜻하다

폭풍우의 비애 속에
조용히 삶을 죽였다
인생의 여정을 빗물에
씻기우는 또 다른 나를
발견하며 흠짓 놀란다

떨어지는 빗소리를
자세히 들여다본다
빗물이 같은 크기일까

그 크기대로 맞는
인생의 희로애락은
아픔이 진동이 되어
아스란히 퍼진다

　　　　　　　　　　　　　　　2000년의 3일

빗물에 나를 심어
촉촉이 푸른 잔디 위에
띄운다

깨어진 슬픔을…

사랑 1

소록소록 불면
피어나는 하얀
입김

사랑을 씹으며
둘이 걷던 어색한
돌담길

정겹게 지낸
소중한 빛바랜
사연들

종이비행기에
사랑을 실어
가 버린 사람에게
띄운다

사랑 2

쓸쓸한 마음을
애처로움을 처량함을
진정 좋아함으로
당신에게 몸짓으로 전합니다

꽃이 있어 좋았다고
저 하늘의 별이 되어 좋았다고
이 세상에 당신이 있어
좋았다고 전합니다

메마른 눈물의 의미를
가슴에만 흐르는 눈물의 의미를
당신은 알고 있습니까
아마도 모를 겁니다

난초의 향기가 매섭습니다
당신이 툭 던지고 간 공간 속에
묻혀 버린 나를 발견합니다

미련해도 나는 당신을 아직도
사랑합니다

사랑의 굴레

이제는 끝이구나
사랑도 행복도 끝났고
모든 것이 그렇다고 여겼다
비틀어진 사랑은
움직일 수 없는 굴레가 되어
아픔이 되어 눈물이 된다

지금 비가 내린다
나의 마음을 아는지 모르는지
처량도 하고 슬프기도 하다
진정한 사랑이 무엇인가
모른다 왜냐면 당신과의
사랑의 열매가 처음으로 맺은
연이기 때문이다

보고 싶다 더욱 사랑하고 싶다
한 사람을 끝까지 한 사람을 끝까지
가져가고 싶다
흔들리는 갈대런가

2000년의 3일

그토록 미워했던 당신을
그토록 사랑하고 있었구나

사랑의 굴레는 아픔도 잉태하고
믿는 사랑도 잉태한다
너를 소중하게 간직하며
지금도 여전히 간다

사진

사진 속으로 들어간다
까만 제복 빡빡 깎은 머리를
어깨동무를 하고 흥얼거리며
노래한다

사진 속으로 들어간다
싸움을 하고 화해를 하고
술 한잔을 맞대며
너와 나의 인생에 빗댄다

사진 속으로 들어간다
사랑을 하고 이별을 한다
작은 잎새들이
바람에게 속삭인다
꺾이지 않는
해가 웃음을 만난다

2000년의 3일

삶

혹 꿈이었나
거울 속에 비친
내가 진짜 나인가
홍시보다 더 붉은
진솔된 삶이
구름을 쫓았구나

이리 치이고 저리 치이고
세상 풍파가 만만찮았구나
허허 너털웃음이 나를
슬프게 하는구나

머리는 눈서리를 맞았구나
뿌린 씨앗들이 불쌍케만
보이누나

세월이 유수인가
잡지 못하는 안타까움이
나를 애달프게 하는구나
이것이 혹시 삶인가

산

먹구름을
가파른 능산을
이 산과 저 산의 삶을
당신께 바칩니다

작은 당신도 좋았고
큰 당신도 좋았습니다
당신이 있어서
인생이 되었습니다

당신의 모습은
하얗습니다
당신의 웃음은
더 하얗습니다

다가설 수 있는 당신은
만질 수 있는 당신이 됩니다
넘지도 넘을 수도 없는 당신은
당신 앞에 무릎을 꿇은
나를 봅니다

2000년의 3일

용기의 사랑을 알게 하신 당신은
나에게는 눈물이 됩니다
모든 것을 이루신 당신은
나에게는 기도가 됩니다

당신을 알게 하신 당신은
나를 당신 앞에 보내신 당신은
불멸의 믿음이 되고
불멸의 주가 됩니다

생명

장미보다 더 붉은 사랑을
나누었던 작고 소중한 순간들
손을 맞잡고 기도하고 머리엔
땀방울이 송글송글 맺혀
생명의 신비스러움을
전하는 그 아름다운
얘기를

태초에 생성된 작은 것들이
하나의 소중한 생명에서 비롯했음을
감동과 눈물로서 일구어 낼 한 편의
동화가 되었음을 전하는 그 아름다운
얘기들

인생의 깊이가 하나의 생명에서
탄생됨을 잊었던 못난 사랑을
진솔된 사랑으로 얽어매는
그 슬프고도 고운 얘기들
잠시 왔다가는 인생보단
불멸의 생명력을 꿈꾸는
그 아름다운 얘기들

2000년의 3일

선물

문득 날아온
종이비행기에
선물이 적혀 있다
아름답고 슬픈 추억

어릴 적 간직한
겹겹이 쌓인 마음속
비경을 한 잎 뚫는다
그리고 흥얼거린다

곱게 차곡히 쌓은
나만의 추억을 보고픈
이에게 재잘거리며
노니는 제비 한 쌍에
실어 보낸다

인생을 바쳐서
건진 알곡은
사랑과 용서의
선물인가

세월

산을 넘는다 지친다
마냥 잊을 수가 있어서
잠시나마 행복했다
가다가 공허함이 깃들면
덩더쿵 탈출로 조그만
위로로 삼는다

강을 걷는다
뱃사공의 노랫소리가 아련하다
인생의 의미는 무엇일까
나는 넋을 놓고 그 물음에
귀를 기울인다
잡지 못한 세월을 따라
조금씩 흘러만 간다

가지 말라 애원한다
그러나 가야만 한다
모든 게 갔고 나도 간다
보내지 않는 나를
세월은 저 고개를
넘어서 보낸다

2000년의 3일

소망

나를 존재케 하신 당신께 있는
그 자체로서 기쁨을 노래한다
가장 소유하고 싶은 것을 갖게
해 달라고 소망한다

이 세상에서 내가 끼친 선악에
선이 많기를 소망한다

어깨 위의 실타래를 당신께 풂으로
내가 보다 당신에게 순종함을
소망한다

잡초처럼 끈질긴 생명력을
허락하신 당신께 아름다운 인생을
꾸려 주신 당신께 아픔을 아픔으로
채워 주신 당신께 사랑함이 지난
세월보다 큼을 소망한다

시간

풀잎 끝자리에 맺혔던
이슬의 울림은 잠자던
나의 영혼을 부른다

다 타 버린 잿더미에서
나는 무엇을 할 수 있을까
다가오는 순간은 미로 속의
시간이란 말인가

출입구를 찾는 마음은 다급하기만 하다
영혼이 나를 침묵의 구렁텅이에서
일으켜 미지의 얽매임에서 돌게 한다

이제는 벗어나야 한다
초에 불을 붙일 것이다
영원히 꺼지지 않는 사랑의
시간을…

2000년의 3일

아리랑

가을이라 하늘이 더 높다
23년 전의 가을과 같건만
꿈과 영혼은 나를 갉아
먹었다

한때의 기백이 나를
수십 년을 고통과 연민에
얽매이게 한다
백색의 아리랑처럼

골방에서 구석진 곳
손때를 탄 담배꽁초에
한 모금 연기를 내뿜으며
중얼거린다… 화랑연기 담배 속에…

다시 한 모금 담배 연기를 내뿜으며
보이지도 않는 까만 하늘에 눈을
고정시킨 채 나의 아리랑을 부른다
구슬픈 백색의 아리랑을
아리랑 아라리오 아리랑 고개를
넘어간다 나를 버리고 가시는 님은…

아쉬움

가 버린 사랑도 사랑인가
헤어지는 뒷모습이 처량도 하다
삶의 진중함에서 너무나 많은
대가를 지불했다 내일을 향한
그리움이 진한 아쉬움의
강이 되어 흘러간다

영원한 사랑을 꿈꾸었는가
잠시 동안 있다가 갈 인생을
한 줌의 흙밖에 안 되는 인생을
믿었는가 지난 시절들이 아쉬움으로
화하여 짙은 가을의 낙엽이 되어
이리저리 나뒹군다

그 많았던 꿈도 이제는 눈앞의
안개가 되어 뿌옇게 흐려진다
잡을 수 없는 시간의 틈 속에서
아쉬움을 뒤로한 채 오늘도 나는
미래의 짐을 둘러메고 나만의
길로 접어든다

2000년의 3일

얼굴

각양각색의 얼굴들
저마다 자기의 삶을
심고 가꾼다
스스로를 삼가 눈보다 더
깨끗한 얼굴을 오늘도
그려 본다

사랑하는 이의 얼굴을
순백의 아름다운 마음에
생명수를 주는 얼굴이었으면
좋겠다 있는 그대로인
자연의 얼굴을 오늘도 그려 본다

그립고 보고 싶은 얼굴을
실은 양떼구름을 각자의
인생을 찾아 떠난다
조용히 눈을 감고 발 가는 대로
나의 얼굴을 그린다

애원

원없이 사랑했고 원없이 미워했다
당신의 춤사위는 너무 고와서
황금 연못의 물고기보다 더 예뻤다
나는 당신의 그 참한 자태에서
그 참한 웃음에서 나의 삶을 알았다

당신은 이제 나를 떠나려 한다
나는 당신을 보내고 싶지 않다
사랑한다고 좋아한다고 그래서
미워진다고 그래서 시기한다고
애원하며 소맷자락을 부여잡는다

당신은 나에게 잡히지 않는 허공이었나
가만히 당신의 마음을 들여다본다
새근대는 당신의 숨결에서 나는 당신의
진한 사랑과 아픔을 느낀다

나는 당신을 너무 사랑하기에
그래서 당신이 가는 길을 막을 수 없는
나를 애원한다 당신의 가는 길을
재촉하듯 하늘에서 눈이 내린다

2000년의 3일

여정

그리움을 떨쳐 버리듯
저기 저 곳으로 길을 찾는다
빛과 그림자가 어우러진 삶이
나그네가 되는 인생의 여정임을
인정하는 나를 만난다

평화로움을 기약하듯
시끄러움을 떨쳐 버리듯
마음은 잃어버린 인생을 찾는다
눈을 들어 파란 하늘을
쳐다본다

나만 괴로워하는 인생길을 모두어
주저없이 나만의 길을 찾아 나선다
미풍이 불어 설레게 한다
말없이 가 버린 그대를 인정하듯
텅 비어 있는 나의 몸속에서
작은 바람이 인다

어떤 의미

쇠창살 너머 파란 하늘에
듬성듬성 핀 뭉게구름은
속박의 사슬에서 벗어난
자유의 샘터란 말인가

한 겹씩 쌓이는
낙엽이 퇴색함을 밟으며
인생의 무상함을 타는
불꽃에 던지란 말인가

모진 비바람에 묶여 있는
지금의 굴레에서 나의 참된
의미는 묵묵히 순종하며 끌려다니는
어린양이란 말인가
아! 벗어나고 싶다

안개 낀 망망대해에서
펄럭이는 깃발을 힘차게
진두지휘하며 유유히

항해하는 나를 꿈꾼다
미래는 나에게
어떤 의미일까

열쇠

나는 아직도 사랑을
간직하고 있다
깊은 샘물에 돌을 던진다
큰 파문을 일으키며 돌은
깊이 가라앉는다
사랑이 새는 것 같다

이른 새벽 깜깜한
대지 위로 찬 이슬이 스며든다
큰 눈망울엔 이슬이 맺혀
사랑이 눈물 되어 찬 대지 위에
떨어진다

태양은 어두움을
밝은 곳으로 몰아낸다
어느새 대지 위로 새싹이
둥지를 튼다
하얀 종이에 싱그러운
마음을 담는다

사랑이
새는 것을 막아 줄
나만의 만능열쇠를
찾는다

용서

힘겹게 눈꺼풀을 연다
지금 창밖에 눈이 내린다
창문을 열고 만진다
차다 그러나 조금씩
따뜻해진다

눈이 이슬비가 되어
날린다 먼지가 날리듯
희뿌옇다 온통 잿빛 물결 같다
한을 실은 듯하다

이제는 비가 되어 내린다
상큼한 물 내음이 긴 잠을 깨운다
빗물은 용서의 희생이 되어 떠난다
무지개가 된다

2000년의 3일

위로

어둠이 짙게 깔린
뒤편 언덕 위에
세상에는 밝은 것만 있다고
착각하는 뒤편 언덕 위에
한 송이 소나무를 깊숙이
심는다

항상 푸르러야 하지만
찬바람이 불면 고개를 떨구던
소나무는 인생을 아는 듯한
소나무는 나지막히 들리는
위로에 자신의 모든 것을
푸르름에 바친다

나와 너의 추억들이
너와 나의 기억들이
잊히지 않고 당신의 위로에
늘 푸른 소나무 위에
사뿐히 내려앉는다
소나무에 눈이 쌓인다

우산

당신에게 몰래 다가간다
보고픔을 내어 주는 정다움이다
우산을 씌워 주며 눈을 감고
비가 전하는 사랑의 전율에
몸을 맡긴다

어릴 적의 달콤했던
향수가 되살아난다
고이 품어 얘기들을
우산 속에 감춘다
늘 함께 있어 좋아했던
당신에게 우산을 펼치며
비의 가락에 흥을 돋운다

비가 받쳐 든 우산 속으로
조금씩 스며든다
마치 우리를 향해 웃고 있는
조각상처럼 맞잡은 손가락들이
맞잡은 애정들이 당신에게

2000년의 3일

전하는 곱게 접은 종이학에
사랑을 실어 우산 위에서 날려
보낸다

운명

하늘에서 내린
애틋한 사연들이
냇가에 놓여 있는
징검다리의 숨은
야밤의 운명인가

눈을 돌려 지나온 징검다리를
되뇌이며 항상 그대로인 듯한
것들이 조금씩 변한다
운명처럼

살아온 것에 슬퍼하며
인생을 반 박자 놓친 것을
후회하며 나는 걸어가며
계속 외쳤다 운명처럼

이젠 생명의 역동함과
난초의 청순함과 꼿꼿함을 캐내
나의 해맑은 청춘의 일기장에
붙인다 다가오는 운명처럼

308   2000년의 3일

울타리

먼 남쪽 나라 나의 고향에
반겨 줄 울타리가 없음이
마냥 안타까워진다

빗나간 풍문을 진실로 여기며
진정 사랑코자 하는 울타리가
없음이 마냥 미워진다

말없이 잠든 나의 땅엔
나를 사랑하고 진심으로 아껴 준
이가 울타리가 되어 있음을
발견한다

잡초와 잔디가 어우러진
나의 울타리 안에서
비가 축축히 내린다
갈라지고 메마른 대지를
하염없이 적신다

은혜

미숙한 나의 모습에서
주님이 주신 은혜의
달란트를 기억한다

인간을 불쌍히 보시고
인간이 인간답게
인간이 주님을 닮게
이 세상의 거친 밭을
일구게 바라신다

이 세상의 밀알이 되지 못하고
시기하고 미워했음을 용서해
달라고 고백한다

한 알의 씨앗이 소중한
열매를 맺듯 내가 진정으로
원하는 것이 무엇인지를 알아
이 세상에서 있었던 것에서
사랑과 용서의 의미를
어루만진다

2000년의 3일

조금 더 나은 자유

두 손을 빗물에 꽁꽁 묶은 채
두 발로 서 이리저리 헤맨다
정처 없이 노닐던 기억들은
옛이야기가 되었다

사랑하던 이가 떠났다
한 잔의 술로 이 아픔이 적셔질까
긴 한숨이 절로 나온다

이 지긋지긋한 공간을
벗어나고 싶어도 이제는
발이 묶인다 갈 수 없는
자유는 슬픔을 삼켜 버린다
조금 더 나은 자유는 완전한
자유를 꿈꾼다 나의 자유는
어디에 있을까 과거 현재
혹시 미래일까

이별 1

다시 만날 것도 아니면서
이대로 가십니까
마냥 좋았던 그 시간들이
당신의 가슴엔 무엇을
남겼습니까 나는 당신을
보내지 않았습니다

사랑의 진정한 의미를
당신은 아십니까 나는 모릅니다
사랑이 꽃잎으로 화하여
바람에 휘날립니다 그리고
당신이 가시는 길에 눈꽃을
뿌립니다

지금 흐르는 눈물의 의미를
당신은 아십니까 나는 모릅니다
마음은 이미 병이 들었습니다
더 이상 눈물은 없습니다
가시다가 오신다면
나의 아픔을 눈물로
씻기우소서

2000년의 3일

이별 2

가슴속을 파고드는
아련한 기억들이
냇가에 흘러내리는
잔잔한 물줄기에
조용히 쓸려져 간다

차디찬 바람과
흩날리는 이슬비에
슬픔을 함께 띄워
어둠이 짙게 깔린
저 하늘가로 조용히
날려 보낸다

눈물을 쏟아내지
못하는 자아는
거울 속에 비친
서글픈 자아는
영원한 사랑을 기약하며
영원한 이별을 기약하며
조용히 아주 조용히
그대를 넘겨서 간다

진실

모든 사람들이 다 아는
해묵은 진실을 나만 모른다
빗나간 활시위처럼 어디로
가야 할지 이리저리 갈팡이다
혼자만 지친다

천사들이 삶을 가르친다
여전히 받는 이가 제각각이다
어떤 이는 사랑을
어떤 이는 시기함으로서
눈앞의 진실을 뿌옇게
흐린다

저 둥지 속의 까치는 제 새끼에겐
사랑의 진실이 묻어 있다
진실은 모든 것을 감동시켜
눈물로서 그 의미가 동화된다

2000년의 3일

한 사람의 진실이
어떤 이에게 슬픔이 되고
아픔이 되어 입술을 굳게
다문 채 하늘만 쳐다본다
파란 하늘을

정점

계곡에서 내려 쏟는
힘찬 물줄기를 바라보다
그 누구도 흉내낼 수 없는
강인함으로 정신의
삭막함을 씻기운다

바라만 보았으면 좋았을 걸
나는 왜 거슬러 올랐을까
인생의 끝자락이 바로
시작인 것을 몰랐다
인생은 다가갈수록
어렵구나

삶의 정점에 다다랐다
나는 왜 여기까지 왔을까
물러설 수 없는 난 서글퍼진다
스친 광음들이 눈앞에 아른거린다
모든 것이 고요하다

2000년의 3일

초가 한 칸

감나무 사이로 언뜻 보이는 초가 한 칸
꿈결같이 다가온 정든 나의 고향집
어린 눈망울엔 감을 따서 먹고픈
마음에 빨리 빨리 재촉한다

싱그럽고 달콤한 내음에
삶에 찌던 모든 것을 훨훨
털어 버리고 눈을 감고 그 맛을
만끽한다

이제는 정녕 꿈이런가
다가가려 해도 다가갈 수 없는
지금의 애틋한 마음은
그리워서 그리웠노라고
보고파서 보고팠노라고

그리고 초가 한 칸…

초겨울

포근하고 흥겨웠던 지난 계절은
춘풍에 돛 단 듯 훌쩍 뛰어넘어
어느새 초겨울이구나

삶에 찌든 인생에 녹기도 전에
가슴에 찬바람이 닿는구나
이제는 풀피리도 손을 놓는구나

찬란한 봄을 기다리는 나는 한겨울을 지나
어느덧 한적한 호숫가에 나의 이상을 실은
나룻배에 오늘도 낚싯줄을 내리누나

2000년의 3일

추억의 저편으로

방관자처럼 지낸 순간순간들이
눈 위에 짙게 깔린 발자욱들이
사랑과 우정을 나누었던 또렷한 추억들이
이제는 추억의 저편으로 사라져 간다

가지 말라고 소리친다
소맷자락을 부여잡고 엉엉 울며 애원한다
빛바랜 사진처럼 아주 조용히 추억의
저편으로 사라져 간다

보내고 싶지 않다
가야만 하는 길이다
사랑과 우정을 흐르는 강물 위에
종이배에 실어 보낸다
짙은 안개가 뿌옇게 시야를
가리며 저기 저편으로
추억의 저편으로 사라져 간다

침묵

어지럽고 혼탁한 세상이다
너무나 많은 인간들이 본연의 자아를
잃어버린 듯 거짓되고 과장된 몸짓으로
말을 아끼지 않는다

사랑보다 미움과 시기가 앞서는
작금의 현실이 무지막지하게 나를 밟는다
이 슬픈 자아는 피가 되고 눈물이 된다

입은 하나이나 세 치 혓바닥은
어둠을 찬미하듯 그칠 줄을 모른다
한이 메아리 친다
말을 너무나도 하고 싶어
나는 오늘도 침묵한다

2000년의 3일

편지

새록새록 샘솟는 기쁨을
자장가를 부르며 사랑을 곱씹으며
함께 손잡고 거닐던 장미꽃밭을
한 장의 누런 종이에 그려 본다

그 누구도 알지 못하는 우리만 아는 비밀을
아무도 오지 않는 오두막에서 찻잔을 들며
삶을 노래하던 우리만의 노래 가사를
한 장의 누런 종이에 그려 본다

삶의 생로병사를 한 아름 담고 있는
인생사의 비애를 행복하고 값진
인생이 되도록 함께 기도했던 우리들의
돌담길을 한 장의 누런 종이에 그려 본다